우
주
적
인

로
봇
적
인

우주적인 로봇적인: SF팬의 생활에세이스러운 SF소설 리뷰

발행일 초판1쇄 2019년 4월 20일 | **지은이** 이유미
펴낸곳 봄날의박씨 | **펴낸이** 김현경 | **주소** 서울시 종로구 사직로8길 24 1221호(내수동, 경희궁의아침
2단지) | **전화** 02-739-9918 | **이메일** bookdramang@gmail.com

ISBN 979-11-86851-93-7 03800 이 도서의 국립중앙도서관 출판예정도서목록(CIP)은 서지정보
유통지원시스템 홈페이지(http://seoji.nl.go.kr)와 국가자료공동목록시스템(http://www.nl.go.kr/
kolisnet)에서 이용하실 수 있습니다.(CIP제어번호: CIP2019013101)

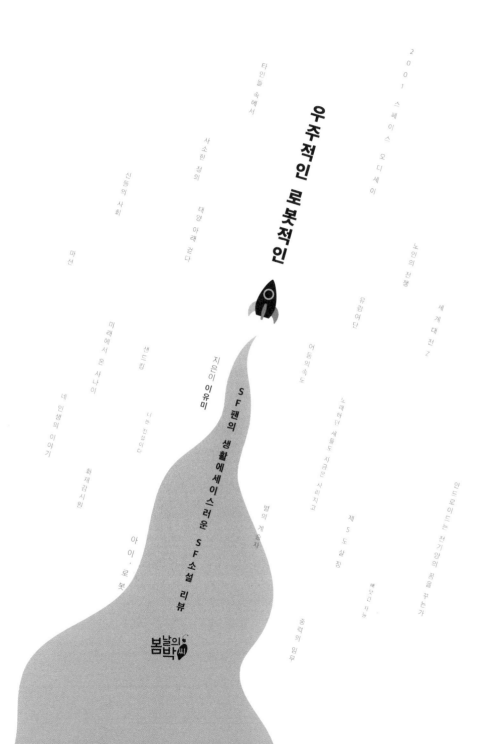

우주적인 로봇적인

SF 팬의 생활에세이스러운 SF 소설 리뷰

지은이 이유미

봄날의박씨

2001 스페이스 오디세이

타인들 속에서

사소한 정의

신들의 사회

태양 아래 걷다

마션

노인의 전쟁

세계대전 Z

유령여단

어둠의 속도

미래에서 온 사나이

샌드킹

네 인생의 이야기

나는 킬샷이다

노래하던 새들도 지금은 사라지고

화재감시원

제5도살장

별의 계승자

안드로이드는 전기양의 꿈을 꾸는가

아이, 로봇

땅 밑 시냇물

충력의 임무

머리말

　　『내가 정말 알아야 할 모든 것은 유치원에서 배웠다』라는 책이 있다. 그 제목을 좋아한다. 믿지 않은 허세가 있고, 가볍게 허를 찌르고, 다른 단어를 넣어 패러디하기도 재미있다. '유치원' 부분을 각자의 사정에 맞추어 바꿔 보면 묘하게 다 말이 된다. '내가 알아야 할 모든 것은 엄마의 무릎팍에서 배웠다.' 오케이. '내가 알아야 할 모든 것은 할머니의 양산 아래에서 배웠다.' 오케이. '내가 알아야 할 모든 것은 아버지 차의 뒷좌석에서 배웠다.' 오케이. '내가 알아야 할 모든 것은,…' 그만 하자.

　　지금 '내가 정말 알아야 할 모든 것은 SF소설에서 배웠다'고 말하려는 것은 아니다. 그것은 진실이 아닐뿐더러, 어머니의 무릎팍과 아버지 차의 뒷좌석과 서울시 마포구 어딘가에 있었던 뽀뽀유치원에 대해 실례가 될 것이기 때문이다. 게다가 내 머리가 제법 굵어지도록 상당히 오랜 시간, 대한민국 출판계는 누군가의 유치원 노릇을 할 정도로 SF소설을 넉넉히 내주지도 않았다.

하지만 '모든'을 '많은'으로 고치는 순간, 이 단어의 너그러움은 전체 문장의 진실성을 아름답게 채워 올린다.

"내가 정말 알아야 할 많은 것은 SF소설에서 배웠다."

오케이. 흠잡을 데 없는, 참[眞]으로 찬란히 빛나는 한 줄이 되었다.

이 책은 SF소설의 리뷰이면서, 시기나 상황이 그 내용과 맞닿는 내 삶의 어떤 국면들에 관한 이야기이다. '생활에세이스러운 리뷰'라는 부제는 그래서 붙었다. 작품에 대해 객관적이거나 중립적이려고 애쓰는 대신, 각각의 소설이 나라는 렌즈를 통과할 때 생기는 빛무리를 생생히 담아내려고 노력했다. 소설을 읽을 때 장면 장면을 내 삶의 풍경에 견주어 놓으면 그 테마들이 현재적으로 각별해진다. 이것은 내가 SF뿐 아니라 다른 모든 종류의 책과 긴밀히 관계 맺는 방법이다.

나는 SF 장르의 오랜 애호가이기는 하나 전문가는 아니다. 어릴 때부터 사랑하며 꾸준히 읽어 오긴 했지만 장르의 역사나 카테고리에 대한 이론적 지식은 일천하고, 이제는 국내외 최신 동정을 섭렵할 정도로 시간을 할애하지도 못한다. 그러다 보니 SF소설로 리뷰를 연재하자는 제안을 받았을 때, 내게 과연 그럴 자격이 있는

지를 반문하며 한참을 망설일 수밖에 없었다.

결국 하기로 결정한 건, 이 소설들을 이렇게 읽어 내는 사람도 있다는 걸 아무라도 알면 좋겠다는 마음에서였다. 좋은 소설들이 한 사람에게라도 더 가닿기를 바랐고, 무엇보다도, 은근히 폄하되기 일쑤인 장르소설이 어떤 사람에게는 허튼 단발성 대중오락물이 아니라, 생을 투영하고 반추하며, 앞으로 나아갈 방향을 잡게 도와주는 어엿한 나침반이 될 수도 있다는 걸 이야기하고 싶었다. 그러다 보니 내가 오랜 시간 두고두고 좋아해 온 작품들과, 최근 읽은 것 가운데 깊은 영향을 받은 책들을 비중 있게 다루게 되었다. 워낙 유명한, 거의 고전의 반열에 오른 작품들이 태반인 건 그래서다. 치우침을 너그러이 혜량해 주시기 바랄 뿐이다.

책을 쓰기까지의 과정에는 멀고 긴 사연과 가깝고 짧은 내력이 뒤섞여 있다. 전자는 너무 무겁고 후자는 너무 사소하다. 그 안에서 피어난 고마운 이름들을 가만히 추려 본다.

기쁨과 배움을 함께하고, 힘들 때 곁을 지켜 준 현주와 J. 내 사랑을 전한다.

내 주변의 모든 정씨들. 땡땡씨들은 저를 해코지하고, 정씨들은 저를 도와준다는 가설은 척 보기에도 엉터리지만, 저에게는 귀납적인 진리였습니다. 동윤, 직한, 승연, B, 여러분이 그 산 증인입니다. 든든하고 묵직한 우정에 항상 감사드립니다.

협동조합 롤링다이스의 전현직 조합원들. 신기한 일을 할 때, 안

해본 일을 할 때, 지루한 일을 할 때조차, '느리지만 효과적으로 함께 일하기'의 기적을 경험시켜 주신 여러분께 감사를 전합니다. 언제나 서로 응원하고 배려하는 따뜻한 마음에 항상 빚지고 있습니다.

'정직 & 유연완' 운동회 학우들과 최정민 선생님, 은주쌤, 크로스핏 센티널 DT 여성 멤버들과 코치님들, 감사합니다. 제 정신이 가까스로 건강하다면, 건강한 몸을 만드는 데 아낌없이 도움 주신 여러분의 덕분입니다.

마지막으로, 매일 보는 '랜선 절친' 상뽐회 친구들. 탈고의 꽃다발 잊지 않을게. 여러분에게 수혈받는 영감과 열정으로, 엔젤기획 프로젝트 이쪽 축은 내가 담당한다. :)

책을 쓰는 것이 처음이라, 촌스러운 줄 알면서도 감사인사가 길어졌다. 서문의 대미는 무릇 마지막 문단이라는 신념이 있어, 이 와중에도 핵심은 맨 나중이다.

사랑하는 아버지, 과학자의 태도로 살아가는 삶에 대해 내가 아는 모든 것을 가르쳐 주신 분. 사랑하는 어머니, 그 어떤 불가해(不可解)도 가로지르고야 마는 깊고 큰 사랑을 알게 해주신 분. 제가 살아남아 이 순간에 이른 것은 오롯이 두 분의 덕분입니다.

부모님께 이 책을 바칩니다.

2019년 봄

이유미

차례

일러두기

1 이 책에서 인용한 작품의 출처는 인용문의 끝에 작품 제목과 쪽수만을 밝혔으며, 해당 작품의 자세한 서지는 권말의 '수록작가 작품 소개'에 정리되어 있습니다.

2 단행본은 겹낫표(『 』)로, 단편·영화·TV프로그램은 낫표(「 」)로 표시했습니다.

3 외국 인명이나 지명, 작품명 등의 표기는 2002년에 국립국어원에서 펴낸 외래어 표기법을 따랐습니다.

1부

시간과 세대를
가로질러

프레드릭 브라운
『미래에서 온 사나이』
──────────────── ☆

미래에서 온 까망,
과거에서 온 빨강

20세기 중엽의 미국, 여름 휴가를 마치고 집으로 돌아온 젊은 농부 루 앨런비에게는 깜짝 놀랄 일이 기다리고 있었다. 농장을 함께 꾸려 온 여동생 수가 생전 처음 보는 낯선 남자와 함께 있었던 것이다. 수는 그 남자를 남편이라고 소개해서 루를 두 번 놀라게 만들었다. 루가 집을 비운 사이, 이 남자가 다리를 다친 채 농장으로 찾아왔고, 두 사람은 단박에 사랑에 빠졌으며, 만난 지 하루 만에 결혼을 감행했다는 설명이었다.

무일푼에 어떤 연고도 없는 이 수상쩍은 청년은 자기가 4천 년이라는 긴 세월이 흐르는 동안 지워져 버린 역사 속 이 시대를 조사하기 위해 미래로부터 찾아온 연구원이라고 털어놓았다. 시간여행에 관한 그의 설명은 나름대로 조리가 있었고, 그가 들려주는 미래 사회 인간의 발전상은 구체적이고 실감났으며, 밭 한가운데서 홀연히 시작된 그의 발자국, 현대 사회에 대한 철저한 무지와 사전을 삼킨 것만 같은 어색한 문어체 말투는 그의 황당무계한 이야기에 기묘한 신빙성을 더했다. 남매는 그의 이야기를 믿었다. 엄밀히 말하면, 수는 믿었고, 루는 반신반의했다는 게 맞겠지만.

어쨌든 미래에서 왔다는 이 남자, 장 오블라이엔은 대단히 영리하고 성격도 싹싹했다. 루는 그에게 금세 호감을 느꼈고, 여동생 부부에게 호의를 베풀어 장이 현대 사회에 적응할 때까지 농장에 함께 머물도록 하였다. 셋은 꽤나 잘 지냈다…. 루가 장에 관하여 치명적인 한 가지 사실을 알게 되기 전까지는.

☆

프레드릭 브라운의 다른 초단편소설들이 그러하듯, 이 작품도 한 가지 기발한 착상을 제시하기 위해서 소설적 터치를 가미한 시놉시스에 가깝다. 짧은 분량 안에서 아이디어를 실감나게 전달하기 위해 최소한의 대사나 상황묘사 같은 장치들을 덧붙인 수준이라서, 기본 얼개는 단순하고, 인물들은 얇고 평면적이다.

핵심 아이디어는 간단하다. '우리 시대의 치명적인 편견을 이미 모두 극복한 먼 미래 사회의 인간이 현재로 온다면 어떤 일이 일어날까?' 이를 형상화하기 위해 작가가 선택한 편견은 바로 인종주의였다.

"이름은 잊어버렸습니다만, 무슨 전쟁이 끝난 뒤에 시작된 그의 시대에는 모든 인종이 하나로 융합해 버렸답니다. 백인과 황인종이 서로 상대방의 대부분을 살해하여 한동안 아프리카가 세계를 지배하고 있었으며, 이윽고 모든 인종이 식민과 잡혼으로 융합하기 시작하여 그의 시대에 이르자 그 과정이 완료되었다는 겁니다. 나는 그의 얼굴을 쳐다보고 물었습니다. '그럼, 자네에게는 니그로의 피가 섞여 있나?' 그러자 그는 서슴지 않고 대답했습니다. '적어도 4분의 1은.'" 『미래에서 온 사나이』, 78쪽

루는 그 말에 눈이 뒤집혀 장을 총으로 쏘아 버린 것이었다. 자초지종을 모두 들은 보안관이 그놈은 백인 행세를 하려던 비열한 사기꾼 깜둥이일 뿐이고, 너는 응당 할 일을 했을 뿐이니 이 사건은 그냥 우리끼리 덮고 지나가자고 다독이면서 소설은 끝이 난다.

시대의 편견에 갇힌 어리석은 시골 농부 덕분에 인류사에 중차대한 시간여행이 허망히 실패하고 만다는 내용의 이 비극적인 촌극에서 그 기본 아이디어만큼이나 흥미로운 것은 인물들이 다른 사고방식을 받아들이는 태도의 차이다.

'미래 세계에서 온 사나이'인 장은 현대인(그의 입장에서 보면 고대인)의 수많은 편견과 비합리적 관행을 자기 잣대로 판단하려 들지 않을 뿐 아니라(일례로, '예뻐 보이기 위해 얼굴에 희고 빨간 안료를 칠하는 고대 여성들의 풍습'을 그는 수에게서 처음 보았지만, 그걸 미개하다거나 이상하다고 여기지 않고, 하루 만에 그녀를 사랑하게 되어 결혼하기

까지 이른다!), 현대인의 온갖 습속을 열린 마음으로 존중하며 열심히 배우려는 태도까지 보인다. '미래적'이라는 것은 우월을 지향하는 방향성이 아니라 편견을 해체하는 개방성이라는 작가의 낙관주의가 엿보이는 설정이다.

그러한 장에게 다채로운 유색인종의 피가 흐른다는 사실은 중의적인 은유로 작용한다. 흑과 백을 망라한 다양한 색채의 섞임은 그의 신체를 이루는 역사다. 인종간 융합이 얼마든지 가능한 일이며, 그런다고 세상이 멸망하지 않는다는 경험적 진실을 그는 존재 자체로 증명하고 있다. 그러므로 장은 몸으로 알고 있는 셈이다. 수천 년간 인류가 겪고 배우고 깨달으며 쌓아 온 힘겨운 각성의 역사가 말 그대로 그 몸에 혈액으로, 체액으로 흐르고 있다.

반면 수는 접붙이를 행하는 사람이다. 사랑으로 이미 한껏 유연해진 그녀는 이질적인 것을 열린 마음으로 포용하고 새로운 관념을 제 일부로 통합시킬 수 있는 사람이다. 수의 내면에서는 관념과 상식의 업데이트가 자연스럽게 이루어진다.

가장 문제적인 것은 당시 사회 통념상 가장 정상적인 인간인 루이다. 그는 사랑에 눈멀어 충동적으로 인류지대사를 해치워 버리는 수보다 이성적이고, 그렇게 당면한 돌발사태를 침착하게 수용할 만큼 합리적이지만, '사람'에 대한 존중과 이해가 백인이라는 테두리 안에서만 작동하는 사람이다. 그 경계 바깥의 누군가 또한 동등한 사람이라는 사실은 그에게 상상 너머의 악몽이다. 인종간 결혼처럼 자신이 승인할 수 없는 현실을 대면할 때, 그의 반응은 기본적으로 공포다. 유연성을 결여한 채 공포라는 결계를 둘러친 그의 딱딱한 영혼에는 어떤 것도 새로이 업데이트되지 못할 것이며, 허용할 수 없는 관념이 현실로 침범해 들어올 경우, 그는 거리낌없이 총을 들어 방아쇠를 당길 것이다. 존재를 송두리째 위협당한 양 단호하고 절박하게. 마치 장에게 그랬던 것처럼.

★

　　　　세상에는 루와 같은 사람들이 있다. 루처럼 선량하고, 루처럼 확신에 가득 차 있으며, 루처럼 공포에 질려 있는 사람들. 그 아집과 독선에 분통이 터지고 화가 나다가도 문득문득 오히려 안쓰러움에 누그러질 수 있다면, 그들도 처음부터 그러지는 않았으리라는 것을 우리가 상상해 낼 수 있기 때문일 것이다. 그들의 마음도 부드러운 헝겊처럼 바람결따라 나부끼며, 습자지마냥 생각과 관념들을 마음껏 빨아들이던 시절이 있었다. 다만 삶의 어느 지점에서 '공포'를 만났고, 가감 없이 그 독극물을 그대로 흡수할 줄밖에 몰랐을 정도로 불운했을 뿐이다.

　　공포란 묽게 푼 석고 물과 같다. 그것은 꾸역꾸역 마음을 타고 올라가 그대로 딱딱하게 굳어 버린다. 공포의 입자들이 올올이 스며 알알이 박혀 버린 마음은 이윽고 회벽처럼 단단해져서 씻어 낼 타이밍을 영영 놓쳐 버리고 만다. 이제 그 마음에는 지나간 날들의 풍성하던 나부낌도 습자지 같은 흡수력도 결코 다시 깃들지 못할 것이다. 슬프지만 아마도, 영원히.

손에 태극기를 들고, 상상력이 허락하는 최악의 욕설이라도 되는 것처럼 "빨갱이!"라는 말을 악의를 담아 내지르는 사람들이 떠오른다. 거리에서 마주친 그들의 절박한 얼굴에는, 루가 내보였던 것과 한 치 다를 바 없는 '유색에 대한 공포'가 드러나 있었다. 빨강——저한테는 묻으면 안 될, 멸망의 징후로서의, 끔찍한 괴물의 출현을 예고하는 불온하고 사악한 색깔.

색깔을 악마화하는 것은 마음이 굳은 사람들의 공통점일까. 20세기 중반 미국 시골의 인종주의자에게 있어서는 검은색이 그랬고, 전쟁과 반공정신과 국가주의에 경도된 채 평생을 살아온 분들에게 있어서는 빨간색이 그렇다. 한 가지 색깔을 지목해, 제 순수를 망가뜨릴 위협, 오염, 사악함의 상징으로 적대하는 모습은 서로 꼭 닮아 있다. 시청 앞 노인들에게 빨강은, 내가 먼저 덮지 않으면 덮어씌워질, 내가 먼저 지우지 않으면 나를 지우고 세상을 물들여 버릴, 끔찍한 위협이고 가공할 공포다. '빨갱이'를 욕설로 쓸 때, 그분들은 차분한 보라색을 상상하지 못한다. 아마도 그분들은 빨강이 발랄한 분홍, 환하고 산뜻한 오렌지 같은 색깔들을 만드는 데 꼭 필요하다는 걸 인정하지 못할 것이다. 이미 공포가 뼛속까지 침투해 있는 영혼은, 유연성을 잃고 업데이트를 멈춘 지 오래이기 때문에.

한때는 그것이 시대정신이었을 것이다. 그 단호한 공포와 배제가 모두에게 통용되는 공통의 감각이었던 시절도 틀림없이 있었을 것이다. 그러나 시간은 고임 없이 흘러왔고, 세상은 그와 함께 꾸준히 변화해 왔다. 루와 장 사이의 4천 년 간극은 장이 그 시간을 거슬

러 왔기 때문에 생겼다. 시청과 광화문의 차벽 사이에 놓인 50년의
간극은, 우리 시대의 루들이 그 시간을 내내 망부석처럼 머물러 있
었기 때문에 생겨난다.

　폭력적인 덧칠로만 상징되던 유성페인트의 시대로부터, 이제
는 말하자면 수채물감의 시대가 아닐까. 오늘날 색깔들은 하나에
덮이고 침탈당하기보다는 서로 부드럽게 섞이거나 어우러지면서
다른 의미를 재생산하기 때문이다. 색깔에 대한 비이성적 공포도
전진과 후퇴를 반복하면서 꾸준하게 희석되어 왔다. 20세기 중반으
로부터 지금까지의 미국에서. 온 사회가 빨강을 무서워하던 전후(戰
後)로부터, 월드컵 군중의 색깔로서 파도타기를 하던 21세기의 저
거리를 지나, 이제 우리는 '빨간 맛'이라는 노래까지 흥겹게 듣는다.

　다행스러운 것은 언제나 광장에 나가면 루보다는 오히려 더 많
은 장들과 수들을 볼 수 있었다는 사실이다. 촛불을 든 이들은 지나
간 시간을 이미 통합적으로 포용한 신체로써 새로운 역동을 온몸으
로 흡수하고 있는 어린 미래인들과, 기존의 사고방식을 새롭게 업
데이트하며 열심히 접붙이를 행하는 성실한 현대인들이었다. 색깔
과 색깔이 섞일 수 있다는 걸 아는 사람들, 하나의 맹렬한 색깔에 겁
먹어 이성을 잃는 대신, 온유한 분홍이나 보라를 빚어내는 법을 아
는 사람들.

　소설에는 묘사되어 있지 않았지만, 우리는 장의 얼굴을 충분히
상상할 수 있다. 그는 부드러운 갈색의 피부와 아몬드 모양의 긴 눈
매, 큰 입매를 벌려 개방적인 미소를 보낼 줄 아는 사랑스러운 사람

이었을 것이다. 위화감 없이 그 이미지를 떠올릴 수 있다는 건 멋진 일이다. 갈색, 검정, 빨강과 다른 모든 색깔의 다채로운 스펙트럼을 수채 팔레트처럼 펼쳐 내는 상상력이 있다면, 전후 50년이 뭐야, 4천 년 어치의 미래도 거뜬히 살아 낼 수 있을 텐데.

☆ ·····························

ps. 『미래에서 온 사나이』는 작고, 얇고, 아주 낡은 책입니다. 이것은 아버지가 지방소도시로 기차 통근을 하시던 시절, 이동 중에 읽으시던 손바닥만 한 70년대 문고판 소설책이었습니다. 플랫폼에 서서 서성이며 한손에 말아 쥐고 읽다가, 기차가 오면 간단히 뒷주머니로 쓱 밀어 넣을 수 있는 작고 가벼운 판형이었지요. 그런 용도로 구입된 수많은 책들이 버려지거나 분실되어 잊혀져 갔지만, 어쩐 일인지 이 책 하나만큼은 용케 아버지의 서가에 살아남아 있었습니다. 어린 딸이 한 뼘 정도 더 자라, 집에 있던 어린이용 세계명작전집 등의 아동도서를 모조리 다 읽어 치우고, 새로운 읽을거리를 찾아 하이에나처럼 헤매다가, 입맛 다시며 아버지의 서가를 넘겨보기 시작할 때까지요.

　　짧은 다리로 책상 위로 기어올라가 제목들을 훑어보았을 때, 전혀 구미가 당기지 않는 '어른 책' 제목들 사이에서 이 책은 당연히 눈길을 끌었습니다. 세상에, 『미래에서 온 사나이』라니요. 장화 신은 고양이, 집 없는 아이, 잠자는 숲속의 공주…, 저 사이에 갖다 놓아도 전혀 이상할 게 없는 제목이잖아요? 개미 머리 사이즈의 폰트에 세로쓰기라는 치명적인 단점도 초등학교 3학년 책벌레의 불타는 독서욕을 가로막지는 못했습니다. 딱딱한 플라스틱 자를 대고 책장 위에 꾹꾹 눌러가며 한 줄 한 줄 천천히 읽어 내려갔고, 그로써 이 책은 제 인생 최초의 현대 SF소설로 자리매김하게 되었습니다.

이후 프레드릭 브라운의 책은 국내에 정식 출판되기까지 굉장히 오랜 시간을 기다려야 했습니다. 그 긴 시간 동안, 그는 제가 가장 애착을 갖는 작가들 중 하나였습니다. 뭐니뭐니 해도 그는 제게 SF로의 관문을 열어 준 사람이었으니까요. SF 리뷰의 첫 글을 그에게 바칩니다.

코니 윌리스
『화재감시원』
──────── ☆

기둥 뒤에
사람 있어요

"전쟁 나면 어쩌지? 너무 무섭다. ㅜㅜㅜ"

검은 액정이 환해지면서 카톡 메시지가 떴다. 발신인, 엄마. 답장을 쓰려고 앱을 열기가 무섭게, 붙여넣기 한 게 틀림없는 길고 장황한 줄글이 따라왔다. 어느 단톡방에선가 공유 받으신 가짜뉴스 같았다. 첫 메시지에 'ㅜ' 모음 두 개가 붙어 있지 않았으면 사실 그 글은 읽지도 않고 넘겼을 것이다. 하지만 잘 안 쓰시는 모음 이모티콘에, 평소엔 삼가시는 '가짜뉴스 공유'라니, 아무래도 정말로 걱정이 되신 모양이었다.

스크롤을 위로 올려 처음부터 읽어 내렸다. 이럴 땐 정말이지 예상이 좀 어긋나면 좋겠다. 현재 정부와 언론이 숨기고 있는 한반도의 일촉즉발 상황, 국제 정세에 대한 호들갑스러운 해석, 향후의 전망과 시사점, 그리고 그 모두를 관통하는 비장하고 선동적인 어조까지, 이 천편일률을 어쩌면 좋아. 나는 심드렁하게 생각했다. 두서없이 흩뿌려져 있는 국가기밀급의 전략 정보와 각종 숫자는 차치하고라도, 남의 나라 대통령의 마음과 성격과 머릿속을 이렇게 훤히 다 들여다보고 있다니, 글쓴이는 트럼프의 최측근 막역지기인가? 혹은 전담 심리상담가? 기밀 정보를 다 아는 걸 보면 우리 군 통수권자일지도 모르겠다. 하지만 그 분은 지금 감옥에 계시지.

텍스트 맨 아래 링크가 나왔다. 찍어 보았다. 어떤 블로그 글로 연결된다. 원본 글은 훨씬 길고 풍성하고 화려했다. 두어 줄짜리 문단 하나마다 두세 개씩 들어가 있는, 사이즈도 들쑥날쑥한, 그러나 대체로 대문짝만 한, 트럼프와 김정은과 항공모함과 미사일과 전투기의 이미지들, 그리고 그 사이사이, 오락가락하는 폰트 사이즈와 시커먼 볼드체와 시뻘건 볼드체와 요사스러운 이탤릭 기울임과 한 번에 두 개! 세 개!씩 꽝! 꽝! 찍힌 느낌표!!!의 향연!! 놀라운 광경이었다. 글 한 바닥에 가득한 트로피칼한 색감, 쏟아져 내리는 요설의 우렁참이 마치 열대 정글 한복판의 이과수 폭포와도 같았다.

일단 한 가지는 확실했다. 이 블로그의 주인은 나와는 미감이 굉장히 다르신 분이다. 나는 (또 무슨 흉한 걸 보게 될지 몰라 두려워 하며) 머뭇머뭇 스크롤을 올려서 프로필 부분에 조심스럽게 시선을 맞췄다. 선글라스로 눈을 가리고 태극기를 든 등산복 차림의 남자 분이 뭔지 모를 번잡스러운 배경 앞에서 찍은 옆모습이 박혀 있었다(아… 사진 수평이 맞지 않았다. 촛점도 뒤에 가 있었다. 나야말로 ㅠㅠ모음을 두 개 쓰고 싶은 심정이 들기 시작했다). 소개말을 읽어 보았다. 종북좌파 척결과 자유민주주의 수호를 위해 카톡과 유튜브로 진실을 유포하는 데 열정적으로 헌신하고 있는 '애국보수'. 행여나 외교안보통이라든가, 분쟁지역 전문 종군기자라든가, 아니면 국군통수권자라든가, 이 '트로피칼 이과수폭포' 글에 신빙성을 더해 줄 직함이 어디 없을까 두 번 세 번 읽어 보아도, 그 비슷한 단서가 하나도 없었다.

물론 직함이 없다는 게 큰 단점은 아니다. 빼어난 통찰과 분석력에 빛나는 무명의 필부필부(匹夫匹婦)를 우리는 얼마나 많이 보아 왔던가. 객관적인 데이터의 측면에서 그 글을 평가하고 판단할 여력도 나는 없었다. 전쟁 우려에 관한 외신은 나도 몇 개 보았고, 지인들의 불안해하는 포스팅도 목도하던 참이었으니, 출처 없이 나열되어 있다고 해서 몽땅 픽션일 거라고 매도해 버리기도 애매했다. 그러므로 사실에 대한 판단은 유보하는 게 공정하다. 그럼에도, 그 글은 총체적으로 나쁜 글이었다. 그건 아저씨가 선글라스를 끼고 태극기를 흔들어서도, 프로필 사진의 수평이 안 맞고 초점이 딴 데 맞아 있어서도, 해상도 낮고 사이즈만 큰 사진들로 물량공세를 해서도, 글자를 알록달록하게 만들어 볼드를 빵빵 먹이고 폰트를 흉측하게 키우고 이탤릭 효과를 줘서도, 심지어 굴림체를 써서도 아니었다. 설령 한석봉의 붓글씨체로 정갈하게 정돈되어 있었대도 그 글에 대한 평가는 다르지 않았을 것이다──전쟁을 갖은 숫자와 승리담으로만 꿈꾸고 있을 뿐, 그 일을 당면할 '사람'들의 삶에 대해서는 일언반구도 신경쓰고 있지 않기 때문이었다.

큰 표상, 큰 은유, 거대한 사건의 타이틀 뒤로 하나하나의 사람을 지워 버리는 것. 그 무신경한 태도는 참으로 시험을 앞두고 기계적으로 외우던 역사도감의 연표를 연상시켰다. 연표에 서너 단어로 요약되어 들어간 역사적인 사건들은, 그 사건이 함축한 모든 것──이를테면, 지난 해에 이어 이번 해에도 이어진 기근, 며칠을 굶다가 주워 먹은 시든 배춧잎의 입안 깔깔해지는 맛, 군불도 땔 수 없어 뼈마디가 오그라붙는 것 같았던 추운 겨울밤, 침략군을 피해 숨어 있던 토굴 속의 축축함, 발등을 기어가던 절지동물의 차갑고 소름끼치는 감촉, 살해당한 아버지의 새카맣게 때 낀 손끝, 흙먼지를 들이마시며 무덤을 팔 때의 피로감, 마른 기침을 하다가 비로소 터져 나온 숨죽인 통곡 같은 건 하나도 드러내지 않는다. 한 시대를 온몸으로 살아 내던 사람들 각자의 최선이 모여 거대한 흐름을 이루는데, 그 필사적이고 절박했던 시간과 존재가 모조리 '628년, 당나라 중국 대통일' 같은 텅 빈 한마디 속으로 사라져 버리는 것이다.

그런 태도가, 너무 오래되어 현실감조차 희미해진 먼 과거가 아니라, 지금, 여기, 현재와 목전의 미래를 향해 있는 광경은 그로테스크했다. 나는 기분이 좀 나빠져서, 이따가 집에 가서 『화재감시원』을 다시 꺼내 읽어야겠다고 생각했다. 코니 윌리스는 이 아저씨와 딱 반대되는 태도로 내 귓전에 대고 호들갑스레 이렇게 말해 줄 것이므로.

"기둥 뒤에 사.람.있.어.요."

☆

코니 윌리스의 소설은 대체로 경쾌하고 유머가 넘친다. 책장을 훑다가 코니 윌리스의 책에 손을 뻗을 때, 내 기분은 IPTV에서 '코미디 영화'를 찍어 들어갈 때와 비슷하다. 그것은 일종의 투항이며, "저 안전벨트 맸습니다"라는 고백이다. 정신없는 슬랩스틱과 말 빠른 스탠드업 코미디의 쌍두마차여, 이제 나를 싣고 마음껏 달리소서. 이 몸은 혼이 쏙 빠질 준비가 다 되었나이다.

『화재감시원』은 코니 윌리스의 시간여행 SF 연작 중 한 편이다. 『둠즈데이북』, 『개는 말할 것도 없고』, 『블랙아웃』 등으로 이어지는 이 시리즈는 시간여행이 가능해진 근미래, 옥스포드대학 역사학부 사람들이 과거로 가서 겪는 좌충우돌을 주요 줄거리로 한다. 그중에서도 유독 『화재감시원』을 떠올렸던 것은 그 책의 배경이 바로 제2차 세계대전 당시, 전쟁의 포화 한가운데 시커멓게 잠겨 있던 도시이기 때문이었다.

옥스퍼드 역사학부 학부생 바솔로뮤. 4학년이 되어 역사학 현장실습 좌표를 배정받았다. '1940년의 런던 세인트폴 대성당'. 그는 기함을 한다. 원래 내정되어 있던 사도 바울의 시대가 아닌 것도 황당한데, 제2차 세계대전 당시의 런던이라니, 독일군 공습이 일상다반사인 위험천만한 곳 아닌가! 시간여행 감독기관의 분류에 따르면 그 시기 런던의 위험등급은 8이고, 그중에서도 세인트폴 대성당은 위험등급이 10이다. 바솔로뮤는 배정표 조정을 요구하지만 교수는 귓등으로도 듣지 않는다. 가라는 대로 가든가, 실습 과목을 아예 포기하든가!

이제 그는 런던 세인트폴 대성당에 화재감시원 자원봉사자를 가장하여 침투해 들어가, 실습종료 통지가 올 때까지 머물러야 한다. 예습은커녕, 한 톨도 관심 가져 본 적이 없는 뜬금없는 세상에.

그러니 1940년 9월 20일, 웨일스 시골뜨기처럼 차려입고 세인트폴 대성당 안으로 걸어 들어갔을 때, 바솔로뮤의 마음이 그토록 심드렁하고 부루퉁했던 걸 어찌 탓할 수 있겠는가. 2천 년 전의 과거까지 거슬러 올라가 사도 바울의 장대한 선교여행을 따라다니고 싶어서 4년을 꼬박 준비해 온 사람한테, 하루가 멀다 하고 독일군 전투기가 공습을 퍼부어 대는 제2차 세계대전 당시로 가서, 좁은 성당에 갇혀, 굴러다니는 폭탄에 모래나 뿌리며 지내다가 오라고 하는데.

'폭탄에 모래를 뿌린다'. 이는 '다 된 밥에 재 뿌리기' 같은 비유적 수사가 아니다. 진짜 폭탄에 진짜 모래를 뿌린다는 말이다. 세인트폴 대성당의 화재감시원이란 유서 깊은 대성당이 불타지 않도록, 성당에 소이탄이 떨어지면 재빨리 가서 불을 끄는 사람들이었기 때문이다. 그들은 성당의 지하무덤에 기거하며 공습이 한창일 때 삽과 모래양동이를 들고 지붕 위로 기어오른다. 이 사람들은 임무를 받고 차출된 군경 인력이 아니다. 민간인 자원봉사자들이다. 그렇다고 대단히 숭고한 사명감을 가진 것도 아니고, 대단히 용감한 사람들도 아니고, 퇴역군인이거나 특별한 생존의 기술을 가진 사람들도 아니다. 그냥, 공습 당시의 런던을 삶의 터전으로 지키려다 보니 어찌어찌 그 일을 하게 되었을 뿐이다. 누구는 성격이 나쁘고 누구는 소심하고 누구는 멍청하며, 역사에 기록될 걸출한 위인은 하나도 없다. 웨일스 출신의 어리숙한 대학생 자원봉사자라는 위장된 신분으로 그 틈바구니에 끼어 제 몫을 다하려 애쓰는 동안, 미래청년 바솔로뮤는 서서히 깨달아 가게 된다. '1940년, 런던대공습'이라는 연표의 표식 아래 도대체 무엇이 지워져 있었는지를.

코니 윌리스의 인물들은 대체로 선량하고, 평범하고, 생생하다. 빛나는 슈퍼히어로 대신 저마다 단점이 있는 내 친구 같고 이웃 같은 인물들이 우르르 나와 좌충우돌을 벌이기 때문에 일견 작고 호들갑스러운 소동극처럼 보이기도 한다. 하지만 기실 작가가 이 시리즈를 관통시키고 있는 주제의식은 그렇게 한없이 가볍기만 한 것이 아니다. 흑사병이 돌던 중세, 평온하던 빅토리아 시대, 그리고 20세기 전쟁 당시의 인간 군상 속으로 주인공들을 깊숙이 침투시켜서 말을 시키고, 장난을 걸고, 소동에 휩쓸리게 하면서 반복적으로 증명해 내는 건, 인간의 역사가 도감의 연표에서 보듯 깨끗하고 무미건조하게 정돈된 데이터가 아니라, 살아 숨쉬고 다투고 사랑하고 오해하고 희생을 무릅쓰던 ── 그러니까 내 친구 혹은 당신 친구와 크게 다를 것 없는 사람들에 의해 만들어진 구체적인 삶들의 구성체라는 사실이다.

바솔로뮤는 우여곡절 끝에 현재로 돌아온다. 현장실습 필기 시험에 들어가 받아 든 시험지 문항에는 온통 숫자에 관한 이야기들만이 난무했다. 세인트폴 성당에 떨어진 소이탄의 개수. 낙하산 폭탄의 개수. 고성능 폭탄의 개수. 1940년에 있었던 부상자의 수는? 폭격, 유산탄, 기타 등등의 원인별로 쓰시오.

바솔로뮤는 격분한다.

"기타 등등이라고요?" 석회조각이 우르르 떨어지며 금방이라도 내 위로 지하묘지의 지붕이 무너지려 했는데, 기타 등등이라고? "기타 등등이라니요? 랭비는 온몸을 던져 소이탄을 껐습니다. 에놀라가 앓던 감기는 점차 상태가 악화되었습니다. 고양이는…." [중략]

"교수님에게는 당시에 살던 사람들이 아무것도 아니란 말입니까?"

"통계학적 관점에서 보면 중요하지. 하지만 개개인으로는 역사의 진행 방향과 거의 아무런 관계도 없어."

"당연히 관계가 있어!"

내가 소리쳤다.

"역사는 이따위 숫자 놀음이 아니라고!" 『화재감시원』 225쪽

이것이야말로 내가 간절히 읽고 싶었던 장면인 것이다. 역사건 전쟁이건 그 안의 개인들을 지우지 말라고 강변하는 저 장면이야말로 비장하고 결연한 숫자와 도식들로 포장된 텅빈 거대담론에 멀미가 날 때 딱 알맞은 처방이다. 미시적인 레벨의 구체적인 삶들이야말로 진짜 역사라는 무거운 진실을 확인시키는 이야기는 확실히 위로가 되어 준다. '당연한 걸 뭘 물어?'라는 식의 경쾌한 태도 덕분에 더더욱.

★

　　다시 저 이과수 폭포 같은 글로 돌아가 본다. 전쟁의 참혹과 공포를 애써 지우며 남 일 보듯 강박적으로 승리의 전망에만 집요하게 매달리는 선글라스 아저씨. 그런 글에 유난히 크게 동요되는 사람들. 나아가, 시청광장에서 태극기를 흔들고 바닥을 구르며 울부짖던 일군의 노인들. 모두가 내 이해의 범위 바깥을 맴도는 군상들이다. 하지만 뒤집어 생각해 보면, 내가 역사책의 숫자와 무미건조한 기술로만 아는 어떤 사건들을 그들은 경험으로서 공유하고 있는 것이다. 수십 년 앞선 세월을 통과하는 동안 그 몸들을 투과하고 쌓여 왔을 '미시적인 레벨의 삶'이 있다. 고작 서너 세대밖에 차이 나지 않는 동시대인들이 일그러진 질곡을 거치며 익힐 수밖에 없었던 또 다른 생존의 법칙들조차 상상해 주지 못한다면, 코니 윌리스의 역사관을 향한 내 열띤 동의는 얼마나 공허하고 우스워지는가.

　　그날 저녁 나는 엄마에게 전화를 걸었다. 주신 글을 찬찬히 봤는데 확인되는 출처가 없으니 덮어놓고 믿지 않으셔야 한다고 말씀드렸다. 전쟁으로써 통일되기를 바라는 사람의 슬픈 기도문 같은 것이라고. 너무 무서워하지 마시라고. 별달리 도움을 드릴 순 없었지만, '안심해'라고 말하는 사람의 목소리를 들려 드리고 싶었다. 그래, 어쩌면 그 글이 모두 사실이었을 수도 있다. 무서울 이유가 충분했을지도 모른다. 하지만 그렇게 새로운 국면을 맞이했을 때 심약한 엄마, 울먹이는 딸, 소스라친 고양이들은 서로의 무서움을 달래는 법을 하나씩 새로 익혀 나가게 되겠지. 어쨌거나 우리는 결국 우리의 역사를 우리의 삶으로 살아갈 것이다. 지붕 위 폭격의 섬광 속에서 묵묵히 불을 끄던 사람들처럼.

☆ ┈┈┈┈┈┈┈┈┈┈┈┈┈┈┈┈

ps. 앞 세대가 실제로 어떤 삶을 살아왔을지 구체적으로 상상해 보려고 노력하기 시작한 건 태극기 할배 본인의 육성으로 자기 인생을 자근자근 반추하는 구술생애사 『할배의 탄생』(최현숙 지음, 이매진, 2016)을 읽은 다음부터였습니다. 그 삶을 생생하게 그려 보게 될수록, 나름의 합리성에 입각해 최선을 다해 온 삶이라는 걸 이해할 수는 있게 되더라고요. 이해가 닿으니 좋아하지는 않을지언정 최소한 미워지지는 않을 수 있었습니다. 그게 참 좋았어요. 혐오란 굉장히 에너지가 많이 드는 소모적인 정서거든요.

코니 윌리스의 옥스퍼드 시간여행 SF는 오락성 하나로도 이미 백점 만점의 작품이지만, 그런 이해를 연습하는 데에도 좋은 시리즈입니다. 우리와 정서가 비슷한 근미래 사람이 먼 과거 속에 던져져서, 자기 삶을 통해 그 시대 사람들을 이해하게 되는 과정이 생생하게 그려지니까요. 뭐랄까, 다른 세대를 향한 거칠고 뻐딱한 정서들을 어떤 구체적인 상상을 통해 순화할 수 있을지 다양하게 참조하기 좋아요.

케이트 윌헬름
『노래하던 새들도 지금은 사라지고』
──────────────────────────────── ☆

세대 차 너머의
사랑

2018년의 삼일절은 잘 닦은 유리처럼 날이 쨍했다. 시야가 맑고 투명했고, 햇빛은 공기를 뚫고 직선으로 내리꽂혔다. 본떠 오려 낸 것 같은 그림자들이 발밑에서 춤을 추었다. 만물의 가장자리가 먹선으로 그은 듯 또렷한 날이었다. 바람도 많이 불었다. 살갗을 할퀴는 공기가 유난히 차고 날카로워, 나는 낮볕이 따사로운 걸 알면서도 연신 옷깃을 다시 여몄다.

시내 대로를 따라 오래 걸었다. 뺨이 에이고 손이 곱아오기 시작할 즈음 비로소, 잠깐 몸을 녹일 겸 종로타워에 들어갔다. 잠깐만이라고 생각했었다. 하지만 우리 시대의 유명한 격언이 꼬집듯, "들어올 땐 마음대로였겠지만 나갈 땐 아니란다".

나는 의도치 않게 그 안에 오래 발이 묶여 있어야만 했다. 그러니까, 종로타워 지하 서점에 30분쯤 머물며 책 구경을 하고 다시 길을 떠나려고 1층으로 올라갔을 때, '이쪽으로는 출입이 통제되었다'며 경비원으로부터 제지를 당했던 것이다. 가로막아선 그 어깨 너머, 시원한 유리통창 밖 상황이 눈에 들어왔다. 수많은 사람들이 손마다 팔랑팔랑 태극기를 흔들며 차로를 가득 메운 채 꾸역꾸역 걸어오고 있었다. 일순 나는 그것이 삼일절을 기념하는 시민행진 같은 것이려니 했다. 태극기 사이사이, 별무늬 영롱한 성조기가 여기저기 나부끼는 것을 보기 전까지는. 성조기로 보아 명백히 '태극기 집회'였다. 태극기 때문이 아니라 성조기 때문에 '태극기집회'라는 걸 알다니, 역설적이지만 너무나 정확한 공식 아닌가. 멀리 있는 큰 나라에 밉보이면 큰일이라는 공포에 기반하여 형님 국가의 국기를 모셔다 밸도 없이 아무 때나 흔들어 대는 게 한국식 애국보수의 기조라는 걸 나는 충분한 시간에 걸쳐 물리게 학습해 왔다.

성조기가 싫은 게 아니다. 나로 말할 것 같으면 미국을 너무 좋아해서 대미사대주의자라고 불려도 아무 불만이 없을 사람이다. 콜라, 햄버거, 마블과 할리우드 블록버스터와 애플 없는 내 삶을 상상하기 힘들고, 이런 호사를 누리게 해주신 영명한 미국인 여러분께 언제나 감사한 마음으로 살고 있다. 캡틴 아메리카 마크도 얼마나 잘 그리는지, 초등학생 조카는 나만 보면 비브라늄 방패를 그려 달라고 색연필을 내밀 정도다. 그런 내가 성조기를 보고 눈살을 찌푸린 건 다른 이유에서였다. 나는 그저, 대한민국 국적의 대한민국 국민이 자국의 이슈로 시위를 하면서 남의 나라 국기를 흔들어 대는 아스트랄한 풍경까지 동해바다 같은 동포애로 포용할 비위를 타고 나지 못했을 뿐이다.

이 나라 저 나라 국기를 흔들며 걸어가는 사람들 너머로 다른 것들도 눈에 들어왔다. 국정농단으로 재판중인 전임 대통령이 얼마나 결백하고 청렴한 분인지 뜨겁게 부르짖는 플래카드가 먼저 지나갔다. 커다랗게 인쇄된 그 아버지의 초상이 뒤뚱뒤뚱 뒤따르고 있었다. 한참 뒤이어 트럭도 한 대 지나갔는데, '촛불내란자 처형'이라는 빨간 글자를 수박만 한 사이즈로 또박또박 써넣은 널판지가 높이 매달려 있었다. '역적 효수'를 나름의 21세기적 언어로 구사해놓은 셈이었다. 세습왕조를 향한 애끓는 충정이 미덕이었던 시절은 한 세기 전에 이미 지나갔건만, 어떤 사람들의 시대감각은 백 년 동안의 나머지 학습으로도 업데이트가 되지 않는 모양이다.

맹목적인 진심의 정서가 그 풍경으로부터 훅 끼쳐 왔다. 정제되지도, 반추되지도 않은 원시적인 진심들——공포, 증오, 추종 같은 것들이. 인간의 동물적 한계를 환기시키고, 존재의 필연적인 슬픔을 되새기게 하는 정서들이었다. 때와 장소에 따라 충분히 가치 있는 정서들이지만, 우아하거나 품위 있는 것과는 거리가 멀다. 세련됨의 계제에서는 논의할 여지조차 없다. 그악스럽게 갈겨쓴 빨간색 궁서체 필체를 보며, 나는 악취를 맡은 사람처럼 얼굴을 찌푸렸다. 아름다우려고 애쓰지조차 않는 것이 싫었다. 할 수 있는데 안 그런 게 분명할 때는 더더욱.

너무 멀어서 사람들의 얼굴은 보이지 않았다. 그냥 대략, 특정한 정치성향을 띤 나이 든 사람들의 덩어리였다. 가슴 저 아래로부터 어둡고 탁한 감정이 차오르기 시작했다. 나는 유리창 앞을 떠나 서둘러 지하로 걸음을 옮겼다. 이 감정이 싫었다. 그것은 내가 저들을 바라볼 때 가장 자주 느끼는 감정, 다잡기 가장 힘든 감정이기도 하다. 지랄 맞았던 현대사 속 나름의 굴곡 많은 삶의 내력이 저들을 저렇게 만들었다는 걸 잊지 않으려고 노력하는데도, 이 감정은 시시때때로 노도처럼 나를 휩쓸어 버리곤 했다. 언젠가부터 그들을 볼 때면 까마득히 깊은 석회동굴 아래 무언가 떨어져 내린 듯 귓전에 괴괴한 메아리가 울리곤 하는 것이다. 나는 이 메아리가 시작된 때를 똑똑히 기억했다. 그것은 내 마음이 추락하며 내내 내지른 비명의 잔상이었다. '저들은 사람이 아니다! 사람이기를 포기했다!'. 세월호가 가라앉은 2014년 4월 16일 이후로 쭉 맴도는 환청이었다.

　"사람 같지 않아요."

　　　　　　　　☆

　　　소설 『노래하던 새들도 지금은 사라지고』 1부의 주인공 데이비드도 그렇게 말했다. 문명 멸망 이후의 세상, 생존자들의 유전자를 복제해 만들어 낸 클론들을 지칭해 한 말이었다. 클론은 실험실에서 만들어 낸 다음 세대의 인류였다. 종을 가리지 않는 불임의 재앙이 전 지구를 휩쓸며 인류문명이 급속히 멸망해 가던 와중에, 유전자 복제와 인공자궁 연구로써 가까스로 이뤄 낸 쾌거였다. 전통적인 방식으로 태어난 생명체는 아니었지만, 그 아이들이 '사람'이라는 데에는 이견의 여지가 없었다. 열심히 배우고 성실히 노동하며 시시때때로 까르르 천진난만한 웃음을 터뜨리는 모습 또한 보통의 어린아이들과 다를 바 없었다. 무리별로 찍어 낸 듯 똑같은 얼굴들을 하고 있긴 했지만, 그뿐이었다.

"세대 차이라고 들어봤지? 바로 우리를 두고 하는 말인 것 같군."

데이비드의 삼촌 월트가 이렇게 대꾸했을 때, 그 까칠한 어조에는 그보다 훨씬 크고 심각한 문제를 일부러 심상하게 일축한다는 반어적 분위기가 짙게 깔려 있었다. 데이비드와 월트 등 기존 문명의 생존자들은 클론과 자신들 사이의 간극이 유전자 복제에서 비롯된 것이라는 심증을 공유한다. 그들은 클론이 그토록 자신들과 다른 이유를 유전자 복제와 인공자궁 시스템에서 찾고 있었다. 과학으로 만들어진 아이들이라 '자연스럽게' 만들어진 아이들과 다른 거라고.

하지만 데이비드가 눈앞에 있다면 아마 나는 눈알을 굴리며 어깨를 으쓱했을 것이다.

아니야, 바보야. 그건 그냥 역사에 유구한 '세대 차이'일 뿐이야.

『노래하던 새들도 지금은 사라지고』는 케이트 윌헬름이 1976년 발표한 소설이다. 문명의 멸망 이후라는 테마를 아름답게 서정적으로 풀어 낸 작품이다. 과학기술에 의존해 실낱같이 연명된 인간 사회를 배경으로, 개인으로서의 인간과 집단/사회 구성원으로서의 인간을 끊임없이 대비하면서, 존재한다는 것의 의미, 생존한다는 것의 의미, 사랑한다는 것의 의미를 끊임없이 반추시킨다. 이토록 목가적인 SF라니, 태극기집회와는 전혀 접점이 없어 보인다. 하지만 이 소설은 서로 너무 다른 정신세계를 가진 세대 간 갈등에 관한 이야기이기도 한 것이다. 멸망에서 살아남은 원로 세대, 그들이 자기들 유전자를 복제해 창조해 낸 클론 세대, 그리고 클론인 어머니에게서 '재래적인 방식으로' 잉태되어 태어난 이단아 마크 사이의 갈등이 차례차례 맞물려 내려갈 때, 그들 사이의 반목과 오해와 미움과 또 사랑은 이 땅 이 시대 우리 경험의 데자뷰가 된다.

클론들의 특성 가운데 근대적인 인간 정신으로 이해하기 가장 힘든 부분은 동일성, 나아가 집단성에 대한 그들의 감각이다. 근대 인류를 대표하는 '원로'들은 마치 텔레파시처럼 서로를 느끼는 그 특별한 소통능력을 이해하지 못하고 공포를 느낀다. '인간이 아닌 것 같다'는 적대적인 폄하는 그런 맥락에서 나온 것이다. 상대를 이해하지 못하는 건 클론들도 마찬가지다. 그들은 개개인의 다양성을 존중하는 근대적 인간관에 전혀 공감하지 못한다. 개인성이란 쓸데없는 분쟁을 일으키고, 번거로운 비효율을 초래하고, 급기야는 인류 문명을 통째로 파국으로 몰아넣은 단초이지 않은가. 멸망한 문명의 역사를 공부하면서 그들은 그런 심증을 더욱 강화했다. 그리하여, 원로들의 시대가 저물고 클론들이 주도하는 새로운 세상이 되자, 개개인의 개성은 일종의 해악, 공익을 해치는 암적인 요소로 간주되기 시작한다.

클론 아이들이 그토록 이질적으로 사고하게 된 것이 과학기술의 문제였을까? 유전자 복제가 그들의 뇌에 불가역적인 변이를 일으키기라도 했나? 아니다. 그것은 전적으로 성장 환경의 문제였을 뿐이다. 시간이 한 방향으로만 흐르는 우리 차원의 우주에서, 세대 간의 환경 차이는 인류가 결코 벗어나지 못할 숙명이다. 한 세대는 전쟁의 트라우마를 안고 살아가고, 다음 세대는 평화와 권태 이외의 삶을 알지 못하며, 어느 세대는 대기근의 악몽을 평생 품고 살지만, 또 다음 세대는 풍요로움을 전제하지 않고는 삶을 상상하지 못하는 식으로, 세대 사이에 몰이해의 간극이 벌어지는 건 시공을 불문하고 인류사에 똑같이 반복되어 온 일이었다.

게다가 클론들이 처한 환경은 더 특수했다. 보라. 똑같이 생긴 수십 명이 한 날 한 시에 한꺼번에 태어나 동일한 생애주기를 집단으로 겪으며 자라났다. 이들은 전통적인 양육방식 속 개인화된 애착과 수직적 교감을 경험하지 못한다. 자아 개념이 형성되는 중요한 시기에, 그들은 부모자식 사이의 수직적 유대 대신 동갑내기 쌍둥이들과의 수평적인 교감, 극도로 긴밀한 사회화를 우선적으로 체득한다. 이렇게 자란 아이들이 이전 인류와 동일한 사회성을 지향하고 구가하겠는가? 개체성에 대한 자각이나 집단성에 대한 인식이 비슷하게 맞추어졌겠는가? 그러니까, 원로들의 공포와 달리, 아이들은 과학기술의 산물이기 때문에 이질적인 것이 아니었다. 그들 자신이 당면한 환경의 필요충분조건이 너무나 달랐기 때문에, 거기 최대한 맞게 적응한 모습이 그토록 이질적인 것이었다.

우리가 당면한 시대의 필요충분조건과, 우리 앞 세대가 당면했던 시대의 필요충분조건이 서로 판이하게 달랐던 것처럼.

★

　　　　　　　　　　다시 2018년 삼일절의 종로로 돌아와서, 나는 한참을 지하 서점에서 서성이다가 결국 지하철역으로 연결되는 지하도를 통해 그곳을 빠져나왔다. 시위대를 등지고 안국역을 향해 걸었다. 본래 가려던 곳의 반대 방향이었지만, 행진 대열과 함께 걷느니 차라리 그게 나았다. 그 득의양양한 분위기, '박근혜를 석방하라'며 어우러지는 목소리, 그냥 그들의 존재 자체를 피하고 싶었다. 하지만 서울의 길들은 요리조리 통하는 법이고, 사람들은 그 안에서 제멋대로 브라운 운동을 하며, 등지고 걷는 건 완벽한 회피책이 되어 주지 않는다.

집회에서 중간 이탈했는지, 태극기를 돌돌 말아쥔 중장년층의 어르신들을 계속해서 마주쳤다. 부부나 친구 사이로 보이는 이들이 많았다. 밝은 햇빛 속에 나들이 기분을 만끽하는지 다들 기분이 좋아 보였다. 말끔한 외출복에 해사한 표정, 생기 넘치는 눈빛들. 그 선량하고 무해한 얼굴들을 보자 마음속의 어두운 메아리가 서서히 멀어져 갔다. 모두가 사람이었다——괴물이 아니라. 그들에게 '친북빨갱이'로 싸잡히는 나와 내 친구들이, 어느 모로든 결코 괴물이 아닌 것처럼.

왜 아니겠는가? 친구네서 얻어다 드린 김치가 너무 맛있더라고 허허 웃으시던, 나의 온화한 아버지도 저 집회에 나가고 싶어 하셨다. 너 좋아하는 새우장 따로 챙겼다며, 랩으로 그릇을 꽁꽁 싸매 주시던 나의 사랑 깊은 어머니도 저 집회에 나가고 싶어 하셨다. 그 무섭고 끔찍한 '친북빨갱이' 딸내미를 잡아 죽이는 대신, 지극정성 챙기는 나의 다정다감한 애국보수들.

이른바 '애국보수'와 '친북빨갱이' 사이로 흐르는 강을 나는 안다. 클론과 원로들 사이로 흐르는 것과 같은 그 깊고도 너른 강을, 아마도 우리는 끝내 건너지 못할 것이다. 그것은 같은 땅에서도 다른 시대를 살며, 서로 다른 필요충분조건을 감당하는 가운데 서로 다른 철학을 체화한 사람들 사이의 운명적인 간극이다. 팔다리 잃은 상이군인이 수두룩하게 배회하던 전쟁의 폐허를 화려한 마천루로 덮어 나가는 과정을 직접 살아 낸 세대와, 응팔-응사-응칠의 정서로부터 월드컵의 영광에 더 익숙한 세대가 서로의 정신세계를 어떻게 진심으로 이해할 수 있을까.

누군가 사랑은 이해하는 것이라고 말했다. 하지만 이 세상이 반목 속에 멸망하지 않고 아슬아슬하게나마 존속하는 건 오히려, 사랑이 이해를 초월하기 때문이다. 소설 속에서 클론 가운데 하나인 배리가 그런 사랑을 보여 준다. 집단성을 우선시하는 평범한 클론인 그는 유난히도 개체성을 갈구하는 이단아 소년을 이해하지 못하지만, 그 아이를 살리기 위해서 기꺼이 목숨을 바친다. 그 덕분에 살아남은 아이가 결국, 두번째 멸망을 딛고 인류를 다시 살아가게 만든다.

정치적 견해 차이로 입씨름을 벌이던 아버지가 "너 그러려면 호적 파서 나가라"라고 고함지를 때, 부녀 사이에는 아득히 멀고 깊은 몰이해의 강이 가로놓여 있다. 어떤 나룻배도 그 강을 건너게 도와주지 못할 것이다. 우리 사이에는 불태울 다리조차 없는 것 같다. 그럼에도 불구하고 우리는 계속, 호적을 파지 않고 김치를 얻어다 드리고 새우장을 한 팩 더 사며 서로를 보살필 것을 안다. 그것은 이쪽 연안과 저쪽 연안을 잇는 아주 가늘고 질긴 줄과 같은 것. 그 불가해한 사랑이 우리를 붙들어 준다.

미움 속에 영영 멸망하지 않도록.

☆ ⋯⋯⋯⋯⋯⋯⋯⋯⋯⋯⋯⋯⋯⋯⋯

ps. 저는 중간 단계 무시하고 원하는 데로 막바로 덤비는 경향이 인류의 귀여운 면이라고 생각해요. 그런 '도둑놈 심보'를 아주 진지하게 합동으로 열정을 바쳐 추구하는 게 재밌어요. 그 턱없이 성급한 욕심에 어이없어 눈알을 위로 굴리다가, 헛웃음 터뜨리며 너그러워지곤 하는 거죠. 으이구 그래 우리 인간, 하고 싶은 거 다 해.

바다 밑도 아직 다 모르면서 우주탐사를 나서는 것도 그렇고, 돌고래랑도 대화하지 못하면서 먼 은하를 향해 전파를 쏘아 보내는 것도 그렇고, 무엇보다도, 같은 언어로 말하는 다른 세대도 이해하지 못하면서 외계인과의 소통을 고민하는 게 딱 그렇거든요.

그런데 여기서 뒤집어 생각하면, 다른 세대와의 소통이 다른 별 외계인과의 소통보다 쉬울 건 뭔가 싶어지는 거죠. 살아온 경험, 접해 온 환경, 전혀 다른 조류 속에 다른 세계관을 형성해 온 주체를 대면한다는 점에서 아래나 윗세대를 만나는 건 외계인을 대하는 것과 비슷하지 않던가요. 닮은 외모에 같은 언어를 쓴다는 건 오히려 역효과를 일으키고요. 동질성에 대한 쓸데없는 기대를 불러일으키니까요.

먼 미래 언젠가 우리가 말머리성운으로부터 날아온 외계인을 만날 때, 입 대신 귀를 펄럭여 대화하거나, 산소가 아닌 유황을 호흡하거나, 집 채만 한 유동질의 신체를 가졌다고 해서 '사람도 아니야'라는 경멸부터 냅다 내쏘지는 않을 것이라고 생각합니다. 저런 별에서 진화했으니, 저런 존재가 되었을 거라고 이해 먼저 하려 하겠지요.

딱 그런 자세로 다른 세대를 이해하면 좋겠다고 생각해요. 전쟁의 공포를 체화한 사람들의 감정 기작이 어떻게 저랑 같겠어요? 손끝 터치로 소리와 영상을 불러내는 법을 태어나면서부터 익힌 아이들의 시냅스 연결은 제 뇌와 또 많이 다를 텐데요.

그러니 겉보기에 암만 비슷하게 생겼어도, 그 동질성에 깜빡 속아넘어가지 않게 정신 바짝 차리려고요.

커트 보니것
『제5도살장』
───────── ☆

살아 내야 하는 삶

    빌리 필그림은 가난한 이발사의 외아들로 태어났다. 코카콜라병 같은 몸매에 키가 크고 허약했다. 그는 웃기게 생긴 아이였고, 자라서는 웃기게 생긴 청년이 되었다. 검안학교에 다니던 중에 징집되어 제2차 세계대전에 참전했지만, 미처 철모와 전투화를 지급받기도 전에 독일군에 포로로 사로잡히고 말았다. 종전 후 포로수용소로부터 돌아와 검안학교 설립자의 초고도비만 딸과 결혼했고, 슬하에 1남 1녀를 두었다. 장인과 마찬가지로 검안사가 되었고, 사업이 잘 되어 유복하게 살았다.

    전쟁만 제외하면, 빌리 필그림의 삶은 비교적 평탄해 보였다. 마흔여섯 살에 비행기 사고를 당하기까지는 그랬다. 탑승자 전원이 목숨을 잃은 그 사고에서 그는 홀로 살아남았다. 머리에 큰 부상을 입긴 했지만, 살아 돌아왔는데 그게 대순가. 가족들은 안도했지만 곧 문제에 봉착했다. 빌리가 사방팔방 허튼소리를 하고 다니기 시작했던 것이다. 그는 자신이 '시간에서 풀려났'을 뿐만 아니라 수년 전, 5차원을 사는 외계인 트랄파마도어 인에게 납치된 적이 있다고 주장했다. 그리고 트랄파마도어 인에 관한 이야기를 더 많은 사람들에게 알리겠다며 갖은 애를 썼다. 이제 사람들은 빌리가 사고로 뇌를 다치는 바람에 이른 나이에 노망이 났다고 수군댈 수밖에 없게 되었다.

'시간에서 풀려났다'는 건 시시때때로 육체를 둔 채 의식만으로 시간여행을 한다는 의미였다. 정신이 홀연히 이 순간을 떠나, 다른 시간대 자기 몸 안으로 들어가, 그 순간의 자기로서 자기 삶을 살아 낸다는 것이다. 그는 이 현상이 비행기 사고와는 상관없는 일이라고 선을 긋는다. 트랄파마도어 인의 납치와도 무관한 일이다, 젊을 때부터 쭉 그래 왔다는 게 그의 주장이었다.

처음 증상이 나타난 건 제2차 세계대전 참전 당시, 부대에서 낙오되어 겁에 질린 채 전장을 헤매던 추운 겨울날이었다. 춥고, 무섭고, 또 무섭고. 이게 뭐든, 이제 그만 포기하고 싶은 충동에 숱하게 시달리던 참이었다. 걸을 의욕조차 없어 우두커니 숲 한가운데 멈춰 서던 여러 번의 고비 중에, 처음으로 그 일이 일어났다. 그의 의식이 홀연히 자기 인생 전체를 통과하고는, 죽음과 탄생의 순간을 차례로 방문했다가 삶 속으로 이동해 갔다. 그리하여 그가 처음으로 다시 살아 낸 '경험'은, 어려서 수영장 물에 빠졌던 사건이었다.

물 아래 깊이 가라앉아, 뽀글뽀글 피어오르는 기포 속에 죽음이 코앞으로 다가온 걸 음악처럼 느끼면서, 어린 빌리는 자기에게로 다가오는 구조의 손길이 너무 싫었다.

어린애가, 자신에게 다가오는 구조의 손길이 너무 싫었다니! 그 장면은 빌리의 선천적 생의지 박약을 보여 주는 것이었을까? 그렇지 않다. 그것은 어린 빌리가 짧은 인생 처음으로 익사의 위험에 직면한 순간이 아니라, 청년 빌리가 시간여행을 통해 옛 사건을 다시 한 번 되풀이해 경험하는 순간이었음을 기억해야 한다. 말하자면 그는 그 순간을 '재수행'하고 있었다. 그렇다면 누군가 구해 주러 오는 것이 너무 싫었던 그 마음은 어느 빌리의 마음이었을까. 어린 빌리의 놀란 마음이었을까, 삶에 지쳐 버린 청년 빌리의 마음이었을까? 어쩌면 이 작품에서 가장 마음을 울리는 주제가 여기에 있었던 것 같다.

빌리가 과연 정말로, 그 순간들을 '다시' 그대로 경험할 수 있었을지 묻는다면, 나는 아니라고 생각한다. 심지어 아직 시간여행으로 방문한 적 없었던 순간들을 살아 낼 때조차, 앞뒤 정황에 대한 앎이 경험을 오염시켰으리라 생각한다. 경험이란 당면한 순간에 대한 즉각적인, 불가항력의, 통제할 수 없는, 각기의 생물학적 반응으로 구성되는 것이기 때문이다. 터질 듯한 심장 박동이 점점이 연결된 시간을, 원한다고 똑같이 되살려 살아 낼 수는 없다. 갑작스러운 총성의 데시벨에 소스라쳐 터져 나오는 비명은 이성으로 흉내 낼 수 있는 것이 아니다. 어떤 생뚱맞은 순간에 훅 찌르고 들어왔던 라일락의 향기를, 계산적으로 반복해 봤자 같은 효과를 얻지는 못할 것이다.

　그러나 생물학적인 신체반응이 약화된다고 해서 경험이 경험 아니게 된다고 할 수는 없다. 앎이 개입된다고 해서 경험이 반드시 오염되는 것도 아니다. 일정한 시간대에 못박혀 수백 수천 번 같은 하루를 되풀이해 살아 내는 식의 판타지들을 보라. 그 이야기의 주인공들은 빌리와 다르게 무기력증을 극복하지만, 그런 흐름은 충분한 설득력을 갖는다. 왜냐하면 아무리 같은 사건이 반복된다고 해도, 우리는 매번 다른 걸 느끼고 다른 걸 인지하고 다른 걸 배울 수 있으리라는 사실을 알고 있기 때문이다. 단순히 오감만 동원해도 다섯 번이다. 한 번은 맛에 집중하고, 한 번은 소리에 집중하고, 한 번은 뒤로 지나가는 사람들의 머리모양을 관찰하고, 한 번은 냄새를 맡고, 마지막 한 번은 손끝의 촉감에 집중하기만 해도——서로 다른 경험을 다섯 번 하게 되는 셈이 아닌가. 그렇기 때문에 결국 지루하게 반복되는 한 구간의 시간 속에서, 「사랑의 블랙홀」의 빌 머레이는 피아노를 배우고 인정머리에 눈뜬다. 「엣지 오브 투마로우」의 탐 크루즈는 신체를 훈련하고 사랑을 키운다. 「죽어도 좋아」의 백진희는 싫은 상사를 살려 내는 법을 다양하게 실험해 낸다. 아니, 시간 판타지까지 갈 것도 없다. 롤러코스터가 좋다고 한 자리에서 열 번씩 거푸 타는 사람들을 보라. 코스의 속도와 낙폭과 아찔한 맴돌이를 전부 알고 있지만, 그 경험에 전심으로 임할 때, 앎은 아무것도 훼손하지 않는다.

　하지만 빌리는 그러지 못했다.

☆

이 소설이 가볍고 초연한 문체로 모든 일을 희극처럼 다루고 있음에도 불구하고, 빌리는 본질적으로 비극적인 인물이다. 시간여행이라는 이상한 재능이나 초현실적인 사건 탓이 아니다. 시간여행은 차라리 부차적인 문제다. 빌리 인생의 비극은 그가 생의 의지를 잃어버린 데 있다. 제 삶을 전심으로 살아 내지 못하게 된 데 있다. 치유되지 못한 전쟁의 상처에서 비롯된 일이다.

종전 후 그가 신경쇠약으로 병원에 입원했을 때 의사들은 유년기 기억이 병증의 원인이라고 진단을 내렸다. 전장에서 겪은 일들은 거론되지 않았다. 아마도 당대 젊은이들에게 참전의 경험이 일반적인 일이었기 때문에, 누구나 겪는 통과의례처럼 취급했던 것 같다. 아무리 많은 사람들이 흔히 겪은 일이라고 해서, 그 공포와 부조리의 체험이 덜 고통스러워지는 것이 아님에도 불구하고.

주변 사람들은 그가 평탄하고 굴곡 없는 삶을 산 것처럼 간주하지만, 아니었다. 그 끔찍했던 전쟁통, 생 에너지가 반짝이는 사람들이 허무히 죽어 나가고, 차라리 죽고 싶어 하던 무력한 사람들(여기에는 그 자신이 포함된다)이 끝까지 살아남는 부조리의 한복판에서, 죽을 용기도, 살 의지도 갖지 못한 빌리는 생과 사 어느 쪽으로도 조타를 돌리지 못하게 되어 버렸다.

그가 자기 생의 어느 시간대를 방문했던 간에, 어느 한 가지 바꾸려고 애쓰지 않았던 것은 그래서일 것이다. 이러나저러나 자포자기였던 것이다. 그에게 삶은 죽지 못한 탓에 갚아 나가야 할 부채 같은 것이었다. 빌리는 늘 무대공포증을 겪었다. '다음에는 자기 인생에서 어떤 역을 연기해야 할지' 전혀 모르기 때문이었다. 시간에 갇힌 다른 판타지의 주인공들과는 달리, 그는 줄곧 대본에 충실한 배우처럼 굴었다. 이 삶이 자기 것이 아니라는 듯이, 그저 위임받은 배역이나 된다는 듯이. 결국 그는 평생에 걸쳐 자기 인생을 연기한 셈이니, 시간여행은 어쩌면 평생 외부자의 태도로 살아온 스스로에 대해 그가 찾은 변명이자 은유였을 것이다.

전쟁은 사람들에게 돌이킬 수 없는 상흔을 남긴다. 외상 후 스트레스 장애(PTSD)가 본격적으로 연구되기 시작한 것이 베트남전 이후였다고 하니, 빌리에게는 병명조차 없었던 셈이다. 눈 덮인 이국의 숲속에서, 살지도 죽지도 못한 채 우두커니 서 있던 빌리의 모습이 눈에 선하다. 삶은 전심으로 살아 내는 것이지 연기하는 것이 아니어야 한다. 다시 한 번, 나는 빌리 필그림의 인생이 슬프다.

☆ ⋯⋯⋯⋯⋯⋯⋯⋯⋯⋯⋯⋯⋯

ps. 빌리처럼, 저도 아주 어릴 때 물에 빠졌던 기억이 있습니다. 그때의 기억은 지금도 생생합니다. 눈앞에 가득 차던 카키색(연못물이라 그런지 색깔이 그 모양이었어요)의 심상, 차고 부드럽던 물의 감촉, 익숙한 세상이 수면을 경계로 까꿍 사라져 버린 순간의 충격, 입안으로 밀려들던 맛, 온도, 햇살의 눈부심, 와그르르 뿌르르르 뽀로로록 하던 기묘한 소란함의 총체.

빌리처럼 시간여행을 하여, 되돌아가 그 일을 다시 겪는다면, 나는 다르게 반응하게 될지 생각해 봅니다. 지금의 내 영혼이 그때 그 몸뚱이로 들어가 다시 그 순간을 살아 낸다면 말이죠. 이를테면, 발버둥을 치지 않을 수 있었을까? 울지 않을 수 있었을까? 물에 안 빠졌어야 했을까? 아니, 정말 안 빠질 수 있었을까? 그 사건을 아예 안 일어나게 하는 것이 좋을까?

저는 그때 물에 빠졌던 경험 때문에 한동안 물을 많이 무서워했습니다. 좀 더 시간이 지난 후에는 이 공포가 생산적으로 작동하여, 여하한 경우라도 살아남기 위해 수영을 배워야겠다는 동기가 되어 주었죠. 덕분에 지금의 저는 수영을 제법 잘하게 되었고, 보트를 타는 것은 물론 깊이 자맥질 하는 것도 겁내지 않아요. 되돌아보면 인생에 일어난 그런 사건들 하나하나가 레고블럭 같고 또 찰흙 반죽 같습니다. 그들이 오밀조밀하게 조합되거나 충돌하거나 합체되면서, 지금의 저를 '나'로 지어 올렸죠. 이는 몸의 기능이나 기술의 획득에만 국한되진 않을 거예요. 감정을 펼치고 거두어들이는 감각, 불가항의 공포와 트라우마, 끈기와 신뢰와 공감의 능력까지 모두 망라할 수 있을 겁니다. 그 모든 경험들의 총체로서의 나를 최선으로 받아들인다면, 결국 우리는 영원회귀의 정신으로 '운명이여 다시 한 번!'을 외칠 수밖에 없게 되지 않을까요.

2부

사회, 종교 그리고 과학

제임스 P. 호건
『별의 계승자』
─────────── ☆

과학은 어떻게
활극이 되는가

　　　　　　　　　2018년, 중소벤처기업부 장관 후보자의 창
조학회 논란은 재미있는 타이밍에 불거져 나왔다. 평소 묵묵하고
조용하던 과학자들이 흔치 않게 격앙되어 장관 임명에 반대하고 성
토의 목소리를 앞다투어 높이는 동안, 나는 하필 이때를 골라 '신'
이 부러 장난을 쳐 놓고 키득거리며 지켜보는 모습을 상상했다. 아
마도 논란의 주인공인 장관 후보자나, 그를 인선한 사람들은 물론
거개의 반대파들까지도 몰랐을 테지만, 그것은 반도의 좁은 출판계,
작지만 명망 있는 SF소설 전문 출판사를 통해, 제임스 P. 호건의『별
의 계승자』2권이 막 출간된 지 한 달도 채 되지 않아 벌어진 일이었
던 것이다. 겉보기에는 물론 전혀 별개의 일이다. 그러나 8년 가까
이 이 책의 후속작을 기다려 온 내 입장에서는 그 두 사건이 거의 시

차 없이 연달아 일어난 것이 그리스 비극만큼이나 극적으로 느껴졌다. 창조학회가 과학과 과학자가 어뗘하지 않아야 할지를 단적으로 보여 주는 예라면, 『별의 계승자』는 과학과 과학자가 어뗘해야 할지를 가장 강력하게 보여 주는 소설이기 때문이다.

우주도 나오고, 외계인도 나오고, 왕복선과 탐험대까지 나오지만 스페이스오페라는 아니다. 팽팽한 긴장과 허를 찌르는 첩보와 긴박한 대결의 연속이 손에 땀을 쥐게 하는데, 그 치열한 현장은 전쟁터가 아니다. SF, 즉 사이언스 픽션을 '과학소설'로 번역하고 그 정의를 살짝 비틀어 읽는다면, 『별의 계승자』만큼 그 이름에 적확히 부합하는 소설도 흔치 않을 것이다. 이 소설에서는 아예 과학 그 자체가 주인공이기 때문이다. 표면상의 인간 주인공은 있지만 나는 그가 최전선의 과학이라는 개념을 사람으로 형상화시켜 놓은 결정체일 뿐이라고 생각한다. 아니라기엔, 주인공 빅터 헌트의 인간으로서의 면모를 그리는 데 작가가 너무하다 싶을 정도로 관심이 없다. 주인공을 매력적으로 만들기 위해서가 아니라 굳이 '얘는 로봇이 아닙니다'라고 강조하기 위해 집어넣은 것 같은 뻔한 장치들이 가끔 나올 뿐이다. 그마저도 티가 날 정도로 무성의해서 보는 쪽이 머쓱해질 지경이다. 덕분에 이 인물은, 소설에 나오는 다른 허다한 사람들과 마찬가지로, 너무나 납작하고 향기가 없다. 감정이 살아 있는 생활인으로서의 이미지는 조금도 그려지지 않는다. 어찌나 무미건조한지, 주요 캐릭터의 매력에 집중하여 스토리를 따라가는 데 익숙한 나 같은 타입이라면 독서가 영 원활하기 힘들 정도다. 그러나 과학/과학자의 헌신이라는 관점으로 보면 사정이 달라진다. 빅터 헌트는 과학이라는 주인공이 작동하는 기제의 가장 이상적이고 효율적인 정점을 표상한다. 논리, 이성, 합리성, 끝없이 진리를 추구하는 겸허한 정신과 편견에 구애되지 않는 자유로운 상상력까지.

☆

근미래, 달에서 우주복을 입은 인간의 유해가 발견되는 데서부터 모든 일이 시작된다. 달에 이미 많은 기지들이 건설되고 사람들이 무시로 오간 지도 오래라고는 해도, 인종적인 특징이며 발견된 위치에 이르기까지 이 유해에는 이상한 점이 한두 가지가 아니다. 그리하여 동위원소 분석을 통해 밝혀진 진실은 온 지구를 충격으로 몰아넣는다. 그 사체, 일명 찰리는, 무려 5만 년 전의 사람이었던 것이다.

한편 목성의 위성 가니메데에서는 얼음 밑에 파묻혀 있던 아주 오래된 우주선이 발견된다. 계통학적으로 명백히 외계로부터 온 것이 분명한 탑승자의 시신과, 지질학적인 연대기를 거슬러 올라가는 아득한 과거 지구의 동식물 표본을 가득 채운 채로.

이 각기의 발견을 엮어 미스터리를 풀어 가는 과정은 한 편의 액션활극과도 같다. 그 액션의 무대는 여기저기의 연구소들과, 이 사람 저 사람의 머릿속들이다. 찰리가 누구인지, 어디서 왔으며 어떤 경위로 그 불모의 위성에서 발견된 것인지, 뜬금없이 목성의 위성에서 발견된 우주선과 외계인의 정체는 무엇인지, 진실을 파악하기 위해 수많은 과학자들이 팔을 걷어붙인다. 생물학, 천문학, 지질학, 수학, 물리학부터 인류학과 언어학에 이르기까지, 제각기 다른 전공의 사람들이 공동의 목표를 향해 달려든다. 각자의 전문분야를 연구하고 서로간 학설의 정합성을 맞추어 보고, 논쟁하고, 비판하고, 수정하고, 다시 새로운 가설에 입각해 연구를 전개하는 과정이 부단하게 반복된다. 그 대결과 협업을 통해 착착 논리적으로 퍼즐이 맞춰져 가는 걸 지켜보는 게 이 소설의 가장 큰 즐거움일 것이다.

이 '연구소 활극'에서 갑옷을 두르고, 칼을 맞대고, 불똥 튀게 합을 겨루거나 사이좋게 어깨를 겯는 주요 인물들에게는 성격 불문하나의 공통점이 있다. 과학적인 정합성 앞에 깨끗이 승복할 줄 안다는 점이다. 사람은 사람이기 때문에 현실세계에서는 쓸데없는 아집과 자존심 싸움이 없기가 힘들지만, 적어도 이 소설이 이상적인 과학자의 자세를 그리고 있는 것임에는 틀림이 없다. 과학자에 대한 소설의 이런 전제는 내 개인적인 기억을 아련하게 환기시킨다.

나의 아버지는 학교에서 화학을 가르치셨다. 직장에서 어떠신지 직접 본 적은 없지만, 낡은 사진앨범 안에서 만화영화 속 미치광이 박사처럼 흰 가운을 입고 비커와 스포이드를 만지작거리고 있는 아버지의 사진을 본 기억은 있다. 악당의 트레이드마크인 폭탄 맞은 헤어스타일과 똥글뱅이 안경이 없으니 물론 정체가 헷갈릴 일은 없었다. 집안에는 항상 아버지 일감의 잔재가 여기저기 흩어져 있었다. 나는 화학교재나 『사이언티픽 아메리칸』 영문 잡지를 책받침 삼아, 화학식과 분자모형이 복잡하게 적혀 있는 A4 보고서의 이면지에다가 고인돌가족과 꼬마자동차 붕붕과 빨간 머리 앤 따위를 그리면서 자랐다.

　온 가족이 둘러앉은 저녁 식탁에서, 아버지는 가끔씩 과학 이야기를 들려주셨다. 나는 그게 그렇게 재미있을 수가 없었다. 점잖고 말수가 적은 아버지는 부드럽고 듣기 좋아 사람 졸리게 만드는 음성으로도 악명이 높았다. 그런 분이 그런 날이면 목소리에 은근히 열기를 띠었다. 졸린 목소리라니, 대체 누가? 어떤 날은 나물 반찬에 든 화학성분 설명이, 어떤 날에는 오래된 과학사 이야기가 넋을 쏙 빼놓았다. 동생과 내가 발라 먹던 갈치 토막에 멍하니 젓가락을 얹은 채 벤젠의 분자식 발견 전설이나 빅뱅이론 이야기에 귀를 쫑긋거리고 있으면, 밥상 식어 가는 걸 지켜보고 있을 수만은 없었던 어머니로부터 "당신 때문에 애들이 밥을 안 먹는다"는 진반농반의 불호령이 떨어지곤 하였다.

　『별의 계승자』가 환기시킨 건 그 중 어느 한 번의 저녁 식탁이다. 아버지가 어느 늙고 명망 높은 과학자의 일화를 들려주신 날이었다. 젊은 날 세운 업적으로 학계에서 인정받으며 평생을 고고히 살아왔던 과학자가, 늘그막 참석한 학회에서 젊은 신진이 자신의 이론을 논파하는 걸 듣고, "내가 틀리고 당신이 맞소"라고 깨끗이 승복했다는 이야기였다. 나는 그 학자의 이름이나 시대를 기억하지 못하지만, 이야기를 들려주시던 순간의 아버지 표정은 선명하게 기억한다. 항상 차분하고 조곤조곤하시던 분답지 않게, 그때의 음성, 그때의 눈빛에는 온풍에 깃털이 붕 떠오르는 듯한 부드러운 상승감이 깃들어 있었다. 어린 눈에도 각별하게 캐치된 그것은 아마도 자부심, 또는 긍지 같은 것이었다. 긍지란 소속과 연결로부터 발생하는 감정이 아닌가. 한때를 풍미했으나 이제는 폐기된 이론을 평생에 걸쳐 주창했던 늙은 서양 남자와 나의 부친을 하나로 묶고 연결하는 것, 그리하여 『별의 계승자』 속 과학자들을 지켜보며 십수년 전 그 표정을 회상하게 만든 그것은, 거대한 진리 탐구에의 열정을 자기 존재보다 앞세우거나, 최소한 그러한 구도를 추구하려고 애쓰는 태도였다.

그랬던 아버지를 떠올려 보면, 창조학회 소동에 대한 감상이 어떠실지도 익히 짐작이 간다. 그 자체로 추구해야 할 진리를 도구화하는 것, 전혀 다른 가치를 포장하는 데 이용할 뿐 아니라 심지어 곡해하기까지 하는 행태가 과학자로서의 긍지를 훼손시킨다는 사실은 명약관화다.

덧붙여, 『별의 계승자』에 기본적으로 깔려 있는 것은 진화에 입각한 사고방식이다. 학자들이 연구와 논박 속에서 진화 속 잃어버린 고리를 찾고, 인류 이전 태양계의 역사를 추론해 내고, 인종 교체의 미스터리를 풀어 내는 전체의 줄거리 속에서 진화이론을 들어내고 나면 아무것도 남는 것이 없다. 이 소설의 후속편 출간 소식이 창조학회 소동의 대칭적 사건으로 느껴졌던 건 아마도 그 때문일 것이다.

ps. 『별의 계승자』는 이후로 계속 후속 시리즈가 번역되어 나오고 있습니다. 2019년 1월 현재, 4권까지가 나와 있어요. 과학활극으로 출발한 이후 정치외교, 첩보, 약간의 영성까지 첨가하며 각 권마다 조금씩 달라지는 분위기로 의외의 매력을 발산하지요.

가끔 저는 이 시리즈와 아서 C. 클라크의 『스페이스 오딧세이』를 헷갈릴 때가 있어요. 두 이야기가 다 별의 수명과 인류의 역사와 진화의 신비를 아우르다 못해 태양계의 구조까지 건드려 버려서 그런 것 같습니다. 천문학적인 시간을 통시적으로 내려다보며 전개시키는 우주 레벨의 정교한 상상력이 흔치 않은 짜릿함을 선사한다는 점도 닮아 있고요.

로저 젤라즈니
『신들의 사회』
──────── ☆

과학을 두르고
신이 되다

　　　　　　　　　　생전 처음 인도에 도착했던 밤, 델리 국제
공항은 정전이었다. 어처구니가 없었는데, 그게 잦은 일이라고 해서
더 어처구니가 없었던 기억이 난다. 공항 경비원들이 구불구불한
길목에 드문드문 늘어서서 손전등으로 길을 비춰 출구를 안내해 주
었다. 여정을 시작한 인천공항, 경유해 온 홍콩공항과 비교하면 안
그래도 터무니없이 초라했을 시설이, 희미한 손전등 불빛 아래 더
욱 괴괴해 보였다. 제복을 입은 경비원들은 어둠속에 얼굴만 동동
떠 있었다. 그 '다른' 이목구비에 새겨진 선명한 음영과 부리부리한
눈 때문에, 그들은 얼핏 무시무시한 가면을 쓰고 있는 것처럼 보였
다. 손전등 불빛을 따라 걸으며 나는 지금 제의를 위한 가면을 쓴 제
관들이 이끄는 대로, 신에게 바쳐질 산 제물로서 제단을 향해 걷고

있는 것이라는 상상을 했다. 가슴이 뛰었다. 이국의 낯선 공항이란 언제나 비현실적인 무대다. 그런 곳에서 일어나는 일들은 모조리 비일상적이다. 그러므로 어떤 일인들 불가능하겠는가. 나는 정말 제물일지도 몰랐다. 저들은 변장한 제관들일 수 있었다. 저 모퉁이를 돌면 해골을 쓴 여신상이 창칼을 거머쥔 여러 개의 손을 내밀어 사납게 나를 맞이할지 모르는 일이었다. 왜 아니겠는가. 뭐니뭐니 해도 이곳은 신들의 나라인 것을. 야마, 칼리, 크리슈나, 그리고 불타의 나라. 다시금 가슴이 빠르게 뛰기 시작했다. 기쁘게 제물이 될 마음이야 없어도, 나는 그들을 오래도록 사랑해 왔다.

특정한 나라를 여행하고 싶은 마음이 저절로 생겨나지는 않는다. 자기 삶을 통과해 지나간 자잘한 요인들, 이를테면 어릴 때 벗겨먹은 초콜릿 포장지, 삼촌이 보내 온 그림엽서, 텔레비전에서 본 다큐멘터리, 백과사전에서 읽은 특이한 풍속 같은 것들이 그 나라를 방문해서 직접 보고 겪고 느끼고 싶은 마음을 서서히 형성해 간다. 내 경우, 인도를 향한 열망에 불을 붙인 여러 요인 가운데 틀림없이, 그 신성한 이름들이 있었다. 아니, 그 이름을 훔쳐 쓴 배덕자들이 있었다. 고대의 성스러운 신화를 삿되게 사용한 자들, 과학 기술력을 무기로 신의 지위를 찬탈한 자들, 신의 이름으로 대중과 역사를 기망한 자들. 나를 인도로 이끈 수많은 요인들 중에는 틀림없이, 신을 자처한 그 무엄한 인간들——소설 『신들의 사회』의 주인공들이 있었다.

☆

　　　　　　로저 젤라즈니의 1967년작인 그 소설을 처음 읽었을 때의 충격은 지금도 잊히지가 않는다. 애초에 아무런 사전정보 없이 학교 도서관 SF 섹션에서 제목만 보고 빌려 온 책이었다. 침대에 벌렁 드러누워 심드렁하게 뒤적이기 시작했는데, 세상에, 회오리바람에 휩쓸려 올라가는 기분이 이러할까. 빙빙 돌다가 지면으로 패대기쳐지는 기분이 이러할까. 혹은, 어슬렁대던 놈팽이가 분에 넘치는 노다지로 세게 머리를 얻어맞은 기분? 어째서인지 표지를 새로 복사해 제본해 놓은 그 책은 그때까지 읽어 온 어떤 SF와도 달랐던 것이다. 그토록 현란한 문체, 그토록 오락가락 복잡한 서사 구조, 그토록 인문학적인 배경지식, 그 와중에 무협지를 읽는 듯 빼어난 오락성, 그리고 '종교'를 향한 그토록 무엄하고도 불경스러운 관점이라니!

　　　그때 나는 아직 어리버리한 열여덟 살 대학 신입생이었다. 이런저런 종교에 대해 아는 것이라고는 고등학교 세계사 시간에 짤막짤막 언급되는 정도가 전부였다. 경험도 일천했다. 기독교에 관련해서는 과자 준다는 친구 말에 홀려 주일학교에 갔다가 '너네 조상 다 지옥에 있고, 교회 안 다니는 너네 부모도 똑같이 지옥 갈 것'이라는 설교를 들으며 겁에 질려 울고불고 하던 기억이 있었고, 불교에 관련해서는, 국립공원의 사찰들을 지날 때 퉁방울 같은 눈알을 부라리는 사천왕이 무서워 빙 멀리 돌아서 지나다니던 기억이 있었다. 자청하여 영세를 받은 가톨릭 신자였지만, 솔직히 고백건대 그것은 멋진 외국어 이름이 갖고 싶다는 중2병적 허영의 소산이었다. 애초에 띄엄띄엄하게나마 성당을 다녔던 건 그 고풍스러운 건축양식과 품위 있는 의례, 지옥 갈 거라는 협박을 입에 담지 않는 점잖은 신부님이 좋아서였지 딱히 들끓는 신앙심이 있어서가 아니었던 것이다.

종교 그 자체에 매력을 느낀 적은 없다. 그렇다고 그게 민감한 테마라는 걸 모르지는 않았다. 어떤 사람들에게는 신앙이 중요하다. 그것도 아주 많이. 가까이서 나는 거기서 위안을 얻거나 의지처로 삼는 지인들을 보았고, 멀리서는 그것을 이유로 희생을 하거나 살인을 하거나 심지어 전쟁을 벌이는 사람들의 이야기를 들었다. 수많은 역사책이 증언하고 매일의 저녁 뉴스가 일러 주는 종교의 영향력은 내 이해나 공감 너머 엄존하는 무거운 현실이었다. 그래서 나에게 있어 종교란, 잘 모르겠지만 별로 자세히 상관하지 않는 게 나은 그 무엇, 섣불리 침해했다가는 어떻게든 사달이 날, 일종의 시한폭탄이나 핵 유출의 현장 같은, 불가침의 성역이었다.

그런데『신들의 사회』는 종교에 대해 내가 설정하고 있던 암묵적인 터부를 참신한 방식으로 깨 버렸다. 물론 신화 자체를 전면에 내세운 건 대수로울 것 없는 일이다. 그러한 콘텐츠는 언제나 있어 왔다. 신이 등장하여 인간과 겨루며 화려하게 기량을 뽐내는 이야기는 동서고금에 넘쳐난다. 이런 이야기들에서 기존의 신화는 이야기의 저변을 구축하는 뼈대로 활용된다.

이 작품은 달랐다. 여기서도 재래의 신화를 따다가 하나의 세계관으로 옹립하지만, 그 차용 행위가 작품을 둘러싸고 일어나는 게 아니라 작품 내부에서 일어난다. 작중인물들은 신이니 종교니 믿음이니 하는 신성 체계를 아주 간단히 '도구'로 소비해 버린다. 『신들의 사회』가 발칙했던 건 바로 그 지점이었다. 신이 등장하지만, 그들은 과학기술로 무장한 인간이다. 신화가 등장하지만, 그것은 필요에 의해 전략적으로 도입된 지배시스템일 뿐이다. 소설은 딱히 인도신화나 불교의 교리, 기독교 신앙의 진위를 불경하게 폄훼하거나 논박하려고 들지 않는데, 겸허히 존중하거나 공경해서가 아니라 순전히 그냥, 그게 전혀 중요하지 않기 때문이다. 신이 있는지 없는지, 어느 종교가 유익한지, 어떤 믿음이 우리를 구원하는지, 따위의 신학적 화두에는 조금도 관심이 없다. 사실상 이야기는 그런 논의를 초월하여 전개된다.

사랑의 반댓말은 무관심이라고 했다. 종교적 열광의 반댓말은 모독이 아니라, 깃털을 툭 쳐내는 것처럼 무심한 '간과'가 아닐까. 이 무협 판타지처럼 속도감 있게 잘 읽히는 SF 소설은 그러한 '간과'를 마치 청바지 걸쳐 입듯 아무렇지도 않게 수행해 버림으로써, 조금도 무례하거나 공격적이지 않으면서 불경스러울 수 있다는 걸 극명하게 보여 주었다. 이 광경은 종교라는 주제에 대한 내 안의 심리적인 저항감, 조심스럽고 내밀한 터부의식을 효과적으로 축소시켰다. 저지선을 둘러치고 있던 상상의 지평을 넓혀 준 셈이다. 파괴와 죽음, 불과 어둠, 각성과 열반 같은 심상을 띠고 있는 온갖 이국의 신들을 생생한 표정을 담아 내 마음에 각인시킨 것은 즐거운 덤이었다.

★

손전등 빛을 따라 나가자 마침내, 공항 밖으로 나가는 출구가 나왔다. 후텁지근한 공기 중에는 낯선 마살라 향이 자욱했지만, 캄캄한 길 끝에는 이교의 제단도, 칼을 든 칼리 여신도 있지 않았다. 대신 낡은 택시가 기다리고 있었고, 커다란 흰소들이 유유자적 길을 가로지르는 인도의 대로가 펼쳐져 있었다. 나는 내 백일몽 같은 상상이 이루어지지 않은 데 안도했지만, 물정 모르는 관광객답게 택시비를 옴팡지게 바가지 썼다. 어쩌면 택시기사가 제관이었을지도 모른다. 택시가 제단이었을 수도 있다. 왜 아니겠는가? 인도의 신들은 나 대신, 내 지갑을 제물로 받아간 것이다.

☆ ························

ps. 『신들의 사회』가 단점이 없는 작품은 아닙니다. 젤라즈니의 다른 소설들도 그렇지만, 남자 주인공은 지나치게 똥폼을 잡고, 시니컬한 태도로 현학적인 장광설을 늘어놓으며, 자타공인 혼자 너무 멋있는 데다가, 여자들은 터무니없이 납작하게 그려져서 아무 매력이 없죠. 어릴 땐 남자 주인공이 그렇게 멋있을 수가 없었는데, 여러 해를 두고 다시 읽을 때마다 좀 부담스러워지더니, 이제는 「CSI 마이애미」의 호반장님 보는 기분이 드네요. 노파심에 덧붙이지만 멋있는 건 확실합니다. '너무' 멋있어서 문제인 거겠죠.

불교용어가 많이 나옵니다. 일상적으로 자주 보는 단어들이 아니다

보니 멈칫거리며 읽는 속도가 느려질 수 있어요. 알고 읽으면 물론 더 재 밌겠지만, 대충 넘겨도 큰 지장은 없습니다.

사실 가장 큰 진입장벽은 작품의 얼개일 듯합니다. 일반적인 기승전 결의 흐름이 아니다 보니, 처음 읽을 때는 좀 정신이 없어요. 뭐가 어떻게 된 얘긴지 종잡을 수가 없거든요. 하지만 참고 읽을 가치가 있답니다! 끝 까지 다 읽고 맨 첫 챕터를 한 번 더 되짚어 읽을 땐, 초반부 그 모든 모호 하고 몽롱하고 신비로웠던 대목들이 신통스레 맑게 닦여 밑바닥까지 환 히 들여다보이는 즐거움도 맛볼 수 있을 거예요.

사실 이번에 다시 읽는 내내 가장 거슬렸던 건 남녀 사이의 대화였 습니다. 동등한 계급으로 고르게 역할을 분배받은 신들 사이에서도, 여 신은 남신에게 꼬박꼬박 존댓말을 씁니다. 말투야 번역상의 문제일 수 있지만, 장면 하나하나, 남녀 사이에 언제나 노골적으로 위계가 느껴지 도록 설정된 작품에서, 번역만 탓하기도 애매한 노릇입니다. 심지어 이 세계에서는 환생할 때마다 새로 들어갈 육체의 나이와 성별을 다르게 선 택하는 것도 가능합니다. 생물학적인 성별이 인간 사이의 위계를 설정할 근거가 될 수 없는 세상인 거죠. 그런데도 왜, 제1세대에 속하는 칼리 여 신은 까마득히 늦게 태어난 제3세대 출신 야마에게 예사높임말을 들으 면서 공손한 아주높임체로 응대하는 것인지, 이 재밌는 작품 전반에 깔 려 있는 낡은 젠더의식만큼은 옥의 티가 확실합니다.

조지 R. R. 마틴
「샌드킹」
───── ☆

너희 신에게
본때를 보여라

　　　　　　　　호러는 참 신기한 장르다. 아무리 비슷한
이야기를 아무리 반복해 접해도 그 매력이 바래는 법이 없다. 마력
이라고 해야 할까 요력이라고 해야 할까. 까마득히 어릴 때 이미 중
독되어 교과서 밑으로 『오싹오싹 괴담선집』을 몰래 숨겨 읽고 헌책
방 서가에서 『어셔 가의 몰락』을 날쌔게 움켜쥐던 그 손으로, 지금
도 여전히 '괴담' 게시판을 클릭하고, '옥수동 귀신'을 클릭하고, 영
화 「그것」(it)의 예고편을 클릭하고 있는 것이다. 30분도 안 걸려 100
퍼센트 후회할 줄 사무치게 잘 알면서도! 인과응보를 확실히 실현
시키는 게 호러물의 특징 아니던가. 따라서 내가 치를 후유증은 불
보듯 뻔하다. 침실에서는 불 끄고 누워 이불을 턱밑까지 끌어당기
고 방문 아래 얇은 틈을 밤새도록 뚫어져라 노려본다. 금방이라도

「링」의 사다코가 기어나올 것만 같아 눈을 뗄 수가 없는 것이다. 이불 밑으로 얼굴을 집어넣을 수도 없다. 그 안에서 「주온」의 꼬마랑 눈이 마주치긴 죽기보다 더 싫거든. 으슥한 골목길 저 앞서 가고 있는 사람들과 거리가 좁혀질라치면 겁이 나 발걸음을 늦춘다. 저들이 홀연히 뒤돌아보면 얼굴에 이목구비가 없을 거야! 길목에 서 있는 봉고차마다 경계하며 멀찍이 피해서 다니는 건 필수다. 괜히 기웃거리다가 장기 밀매의 희생양이 될지도 모르는 일 아닌가. 이 모든 게 얼마나 얼척 없는 걱정인지 머리로야 알고 있다. 그러니 아 그거 괜히 봤다고, 보지 말았어야 했다고, 그 시간에 붕어싸만코나 까먹었어야 했다고, 숨죽이며 스릴을 만끽하던 어제의 나를 오조 오억 번씩 욕하는 건 숫제 일상이 되어 버렸다. 어쩌면 피칠갑한 귀신이나 발톱으로 사람 내장을 파내 앞니로 끊어먹는 점액질의 괴물들보다, 그렇게 줄기차게 마음을 끌어당기는 힘이야말로 호러물의 가장 무서운 점일지도 모른다.

그리하여 얼마나 많은 귀신과 요괴와 악령과 괴물들이 예쁘장하게 포장된 공포를 해사하게 흔들어 대며 우리 생에 사뿐히 걸어들어왔던가. 빨간 휴지 줄까 파란 휴지 줄까 묻는 뒷간 귀신과 빨간 마스크와 홍콩할매 같은 어린이 전담마크 요괴들부터, 눈을 까뒤집고 달려들어 사정없이 물어뜯는 우리 시대의 아이콘 좀비에 이르기까지, 어떤 측면에서 내 인생은 무수한 가상의 존재들에 대한 옴니버스 연속극 같은 공포로 점철되어 왔다고 할 만하다.

하지만 평생에 걸쳐 가장 무서웠던 건 사실 귀신이 아니었다.

악령도 아니었다. 내 가장 근원적인 공포의 왕좌를 차지하는 건 언제나 평범한 작은 동물들의 '떼'였다. 홀로 나타나 왁 놀래키고 사라지는 어릿광대나 귀신이나 칼든 처키(Chucky) 따위는 아무리 무서워도 그때뿐이다. 그들을 물리칠 방법은 대부분 존재했고, 설령 아무 방도가 없다손 치더라도 실제 마주칠 가능성도 없으니 잊어버리면 그만이었다. 그러나 '떼를 지어 몰아치는 동물들'은 얘기가 달랐다. 일단 실물이 현실 세계 도처, 일상생활 안에 있었다. 한 마리씩이야 무섭지 않다. 그러나 거대하게 무리를 지으면, 놈들은 가장 크고 무섭고 논리가 먹히지 않는 괴물이 되었다. 이들에 대한 공포는 어릴 때 본 몇 편의 영화들에서 기인했다. 나는 그 영화들을, 원망을 품고, 애석한 마음으로, 정확히 지목해 낼 수 있다. 살인 벌떼의 공격을 담은 재난영화 「스웜」, 달려드는 갈매기 떼의 포악스러운 날개짓을 화면 가득 잡은 히치콕의 「새」, 그리고 우글거리는 구더기 풀장을 보여 주었던 80년대 공포영화 「페노미나」가 바로 그들이었다. 개체로서의 자기보호본능이 결여된 동물들이 무리를 지어 한 방향으로 돌진할 때, 그 맹목성은 그 어떤 피투성이 악령보다 무섭다는 걸 그 영화들은 선명하게 각인시켰다.

물론 나는 떼를 이룬 벌레들이 최고로 무섭다고 말하는 것일 뿐, 다른 것들이 안 무섭다고 선언하는 것이 아니다. 벌레 떼가 환기시키는 실제적인 위기감을 제외하면, 대개의 호러물에서 공포를 불러일으키는 건 이유를 알 수 없는 선뜩한 악의였다. 피해자들은 대개 길을 잘못 들었거나, 쓸데없이 호기심이 발동했거나, 허세가 있거나, 중2병이거나, 눈치가 좀 없을 뿐이다. '너 잘 걸렸다'는 식으로 관용없이 발산되는 악의는, 사실 지은 죄에 비해 지나치게 부당하다는 감이 없지 않다. 사정이 이러하니, 타인을 까닭 없이 상처 주고 괴롭히고 해코지하는 악의의 화신과 속내 모를 벌레 떼가 한데 뒤섞인 호러 SF를 만났을 때, 내가 영혼 깊숙한 곳까지 전율한 것은 어쩌면 당연한 일이었다.

☆

조지 R. R. 마틴의 단편 「샌드킹」의 사이먼 크레스는 본 중 가장 거부감이 드는 주인공이다. 그는 의심의 여지가 없는 악인이다. 이 사람이 얼마나 거침없이 오만하고 가학적이고 심성이 나쁜 인간인지는 첫 장에서부터 분명하다. 이 자에게서 호감 가는 구석을 찾느니 내가 즐겨 찾는 피칠갑 괴담 게시판에서 비건 채식 레시피를 찾는 게 빠르겠다네. 그는 도시에서 50킬로미터나 떨어진 황량한 땅에다가 덩그마니 지어 놓은 큰 저택에 혼자 산다. 은하계 각지에서 실어 온 희귀 애완동물을 키우는 게 그의 취미였다. 돌보고 예뻐하는 것이 아니라, 서로 싸우고 잡아먹기를 지켜보는 악취미였지만.

소설은 사이먼 크레스가 시내의 수상쩍은 수입상점에서 새로운 애완동물을 구입하는 데서 시작한다. 바로 '샌드킹'이었다. 곤충을 닮았지만 곤충보다 훨씬 지능이 높고, 서식공간의 크기에 비례해서 체구가 달라지는, 딱딱한 갑각에 뒤덮인 외계동물. 모래와 암

석으로 성을 지어올리고 사는 샌드킹들은 '모'라는 암컷을 중심으로 집단의식을 공유한다. 복수의 부속과 하나의 정신. 실질적으로 한 채의 샌드킹 성은 한 마리의 거대한 자웅동체 생물인 셈이라고, 상점의 신비로운 점원은 설명하였다. 처음에 시큰둥해 하던 사이먼 크레스는 샌드킹에게 종교 본능이 있다는 데 넘어가고 만다. 가까이서 먹이를 주는 사람에 대한 초감각이 작동하여, 자신들의 성에 그 '신'의 얼굴을 새겨 놓고 숭배하는 습성이 있다는 것이다. 실제로, 테라리움 속 샌드킹의 성 꼭대기에는 그들을 보살피던 상점 점원의 얼굴이 선명하게 조각되어 있었다. 솔깃해진 사이먼 크레스는 네 무리의 샌드킹을 구입한다. 물론, 잘 보살펴 키우려는 목적이 아니라, 자신을 숭배하며 서로 살육하고 전쟁을 벌이는 장면을 지켜보려는 심산이었다. 콜로세움의 잔학한 로마 황제처럼, 올림푸스의 타락한 신처럼, 사이먼 크레스는 통치신 놀음을 즐기기 시작한다.

샌드킹들은 먹이를 주는 그의 얼굴을 신의 그것으로 인식한 후, 각각의 성 꼭대기에 그 얼굴을 조각한다. 처음 조각은 온화하고 쾌활하고 현명한 인상이었다. 사이먼 크레스는 만족감을 느끼지만, 그 즐거움은 오래가지 않는다. 왜냐하면, 사람 본성 어디 가는 게 아니기 때문이다. 그는 폭력적이고 잔인하며 흉포한 인간이었으므로, 폭력적이고 잔인하며 흉포한 신이 되는 데 오랜 시간이 필요하지 않았다. 성마르게 본성을 드러낸 그는 일부러 굶기고, 파괴하고, 벌주고, 홍수를 내고, 전쟁을 유발하는 식으로 전횡을 휘두르기 시작한다. 각 성 꼭대기 조각의 얼굴은 그에 따라 조금씩 바뀌어 간다. 야

비하고 악의에 찬 악마적인 형상으로.

★

    이 이야기에는 여러 변형의 이미지가 혼재한다. 변태를 거듭하며 '다른' 존재로 전이해 가는 갑각질 동물의 생태 묘사에서 카프카의 「변신」을 떠올리는 건 단순하지만 자연스러운 일이다. 처음에 손톱만 한 벌레였던 샌드킹들이 여러 번 허물을 벗으며 결국 사람을 닮은 크기와 형상으로 달라지기까지, 먹이의 수급은 부족했을지언정 악의의 수급은 넘치고도 남았다. 커질수록 그들의 초감각과 지능 또한 발달하므로, '신'에 대한 숭배가 증오로 뒤바뀐 건 이상한 일이 아니다. 악으로서의 사이먼 크레스를 투영하고 있는 건 사실 성 꼭대기의 얼굴 조각뿐이 아니라 샌드킹 그 자체이기도 한 것이다. 그의 행위와 존재에 영향 받은 모든 것이 그 삶을 방증한다. 그런 맥락에서 오스카 와일드의 『도리언 그레이의 초상』을 떠올리는 건 너무 나이브한 일일까.

    그리고 물론 다양한 신화들과 종교 경전들을 연상하지 않을 수 없다. 땅을 흔들고 물을 쏟아붓고 불길을 놓는, 그 수많았던 천벌들 말이다. 나보다 작고 약한 존재 앞에서 신으로 행세하는 건 얼마나 손쉬운 일인가. 생사여탈권을 손에 쥐고 있다면 더더욱, 악마가 되는 건 얼마나 간단한 일이란 말인가. 하지만 항상 기억할 일이다. 지능이 있는 것은 반드시 반격을 한다. 벌레는 지능이 없다고 알려져 있지만, 글쎄, 내 공포의 정점에 무엇이 있는지 앞서 말했다시피, 작은 동물이 떼를 이뤄 몰려오면 엄청나게 무섭다니까!

샌드킹은 처음부터 우글우글 떼를 이룬 군체동물이었다. 종의 특성상 체구가 커질수록 지능도 더 발달한다. 그리하여 이 지능적인 짐승 떼는 자신들의 신에게 악의와 악행을 앙갚음하는 데 성공한다. 뒷일 생각하지 않고 멋대로 굴어 대기만 하는 신(神)들이 있다면, 사이먼 크레스의 인생은 끔찍한 본보기에 다름 아닐 것이다. 책을 다 읽고 나면 딱히 누구에게라고 할 것 없이 소리질러 보고 싶어지는 것이다.

우리는 이제 알파고도 발명했어요. 어디 슬슬 켕기시는 분 안계신가요?

☆ ⋯⋯⋯⋯⋯⋯⋯⋯⋯⋯⋯

ps. 조지 R. R. 마틴의 「샌드킹」을 처음 읽었던 것은 아마도, 십여 년 전 도서관이었을 겁니다. 같은 단편집에 실려 있던 다른 작품들은 다 까먹고서도, 이 작품만은 선명하게 뇌리에 새겨졌어요. 시간이 흐르면서 내용의 세부는 흐릿하게 지워져 갔지만, 무섭고도 매력적인 이미지는 지워지지 않았습니다. 가끔 생각날 때면 다시 읽어 보고 싶다는 욕구가 솟구쳤지만, 어느 책이었는지, 누가 쓴 작품이었는지 전혀 기억이 나지 않으니 속수무책이었어요. 결국에는 제목도 가물가물해졌죠.

'그게 뭐였더라? 샌드… 샌드… 샌드벅? 샌드맨? 샌드몬스터?'

실제로 그 뒤 몇 년간 이 소설을 다시 찾아 보려고 애쓴 적이 몇 차례 있었습니다. 그땐 어째서 '샌드킹'이라는 말이 끝까지 떠오르지 않았던 걸까요.『샌드맨』은 닐 게이먼의 유명한 그래픽 노블 시리즈였습니다. '샌드벽'은 베이스기타의 제품명인 모양이었어요. 둘 중 어느 쪽도 외계 행성의 벌레 떼와는 상관이 없었습니다.

「샌드킹」을 재회한 것은 그로부터 한참 후, 지금은 폐간된 잡지『판타스틱』에서였습니다. 우연이 아니라 운명같이 느껴졌던 그 해후가, 얼마나 뛸 듯이 기뻤는지 모릅니다. 샌드킹! 몇 년을 애타게 그리워했으나 찾아내지 못했던 그 제목이 샌드킹이었다니! 두 달인지 석 달인지에 걸쳐 연재되는 동안, 오래도록 무지의 감옥에 격리되어 있다가, 느닷없이 동경해 온 스타의 간헐적 접견권을 얻은 자의 기분을 만끽했죠. 손꼽아 기다리고, 다시 만나고, 손꼽아 기다리고, 다시 만나고!

이번에 다시 읽은 「샌드킹」은 조지 R. R. 마틴 걸작선의 2권에 수록된 버전입니다. 함께 실려 있는 다른 작품들도 다 좋더라고요. 미드『왕좌의 게임』다음 시즌을 기다리는 동안 이 선집을 야금야금 읽어 볼 생각입니다.

맥스 브룩스
『세계대전 Z』
──────── ☆

쌀알도 벽돌도 없이
지옥에 가진 않을 것

어릴 때 책벌레였다. 수많은 책들을 읽어
치웠다. 종류를 가리지 않았다. 사전정보도 필요 없었다. 그냥, 손에
잡히는 대로 읽었다. 모르면 모른 채로 읽어서 좋았고, 추천받아 읽
으면 기대가 되어서 좋았다. 그림이 있으면 만화책 같아서 좋았고,
그림이 없으면 어른 책 같아서 좋았다. 픽션은 재미있었고, 논픽션
은 흥미로웠다. 읽은 책들은 다 나름의 의미를 남겼다. 책을 읽을 때
의 나는 나무 같았다. 행간으로 깊고 넓게 뿌리를 뻗어, 이미지와 관
념들을 모세관으로 샅샅이 펌프질해 올렸다. 빨아들인 양분이 머리
위 무성한 이파리로 피어났다. 바람이 불면 제각기의 방식으로 사
각이며 흔들렸다. 모든 독서가 신록같이 푸르렀다. 나는 그 시절의
어떤 독서도 후회하지 않을 수 있었다. 어떤 동화 딱 편만 빼고.

그걸 읽은 걸 두고두고 후회했다. 읽지 않았더라면 좋았을 거라고, 최소한 그렇게 습자지처럼 쭉쭉 흡수하던 시절에는 접하지 않는 편이 나았을 거라고 생각했다. 나는 그 동화를 열 살이 채 되기도 전에 읽었다. 이상한 책도 아니었고, 연령대가 맞지 않는 것도 아니었다. 코 묻은 돈을 노려 고민 없이 찍어 낸 자극적이고 선정적이기만 한 책도 아니었다. 오히려, 그 반대라고 할 수 있었을 것이다. 어린이를 위해 만들어진 '안데르센 선집'의 한 권, 세계적인 동화작가 안데르센의 작품이었던 것이다. 백 년 전 그 글을 썼던 안데르센 자신은 물론이거니와, 그 선집에 그 이야기를 골라 넣은 출판사 역시 이런 결과를 바랐던 건 아닐 것이다. 어쨌든, 그걸 읽은 한 책벌레 어린이는 영혼의 일부가 새카맣게 병들어 버리고 말았다.

안데르센의 「눈의 여왕」에는 트롤의 거울조각이 눈에 들어가 차갑게 뒤틀려 버린 어린아이가 나온다. 나에게는 그 이야기가 「눈의 여왕」의 바로 그 거울조각이었다.

아마 아주 훌륭한 작품은 아니었던 모양이다. 「눈의 여왕」이나 「미운오리새끼」나 「인어공주」의 다른 판본은 숱하게 보아 왔지만, 그 이야기는 이후 다른 선집을 통해서는 다시 접하지 못했다. 제목도 기억나지 않고, 이제 와 위키피디아에서 안데르센의 작품목록을 훑어보아도 이거였겠거니 싶은 걸 찾을 수 없다. 자세한 건 기억나지 않는데, 농부와 벽돌공은 죽어서 천국에 가지만, 비평가들은 지옥으로 떨어진다는 게 작품의 요지였다. 그러니까, 그 독이 든 사과 같은 동화가 좀비의 잇자국처럼 내게 남긴 메시지는 이것이었다.

'세상에 물리적으로 도움이 되는 것을 만들어 내지 못하면, 너는 지옥에 간다.'

열 살도 안 된 꼬맹이가 그 다분히 악의적인 주제의식에 어째서 그렇게 사로잡혀 버렸는지는 알 수가 없다. 뭐, 좀비가 되는 데 이유가 있겠어. 안 피하고(=안 읽고 넘어가지 않고) 정면으로 대적했다가 물어뜯긴 게 잘못이지. 쌀알 한 톨 키워 내지 않고, 벽돌 한 장 구워 내지 않는 일은 모두 무가치하다는 비뚤어진 관념이 내 머리 위 커다란 이파리로 돋아났다. 그 이야기에서는 신조차 비평가들을 사랑하지 않았다. 당시 나는 특정한 신앙도 없었지만, 신의 사랑에서 빗겨난다는 게 끔찍이 두려웠던 것 같다. 안데르센은 '남의 작품을 비판만 하는' 직업을 비난하고 싶었던 것이겠지만, 그걸 오독한 내 안에는, 벽돌을 굽고, 쌀알을 생산해 내지 않는 책상물림 직업 전체에 대한 죄악감이 똬리를 틀었다.

☆

나는 무럭무럭 자라서 IT 노동자가 되었다. 2비트의 세계는 벽돌도 쌀도 없는 세계였다. 나는 매일 회사에서 무언가 재미난 것들을 만들었지만, 나조차 그것들을 먹거나 손에 쥘 수 없었다. 머리 위에서, 내 어린 날 돋은 나뭇잎 하나가 끝도 없이 소란하게 사각거렸다. '책상물림은 지옥 가'라는 그루브 넘치는 후렴구가 귓전을 떠나지 않았다….

다행인 것은 그런 관념에도 수명이 있다는 점이다. 나이를 먹는 게 그래서 좋다. 내 생의 경험이 여러 무늬와 색깔로 두터워지면서, 하등 쓸모없이 역효과만 내던 그 바보 같은 생각은 얇게 마모되어 갔다. 뇌리의 뒤편으로 보내져 먼지만 덮여 가던 그 옛날의 쌀알과 벽돌 숭배를 새삼스레 환기시킨 건, 『세계대전 Z』의 몇몇 에피소드들이었다. 이 에피소드들은 망가진 세상의 생존자들 사이에서, 이전 시대 고소득 직종들이 쭉정이로 전락하고, 천대받던 사람들이 귀한 인재로 역전되는 풍경을 생생하게 보여 준다.

> "당신이 예전에 끗발 있던 기업 변호사라고 치지. 살아오면서 대부분의 시간을 계약서를 검토하고, 거래를 중개하고, 전화기에 대고 수다를 떠는 게 당신의 일이었소. 당신은 그런 일에 재주가 있었고, 그래서 부자가 되었고, 덕분에 배관공을 불러서 화장실 변기를 고치게 할 수 있었고, 그래서 계속해서 전화기에 대고 수다를 떨 수 있었지. 일을 많이 하면 할수록, 돈이 더 많이 들어왔고, 더 많은 돈을 벌 수 있게 잡다한 일을 떠맡길 수 있는 하인들을 더 많이 고용하게 됐지. 세상이 그런 식으로 돌아갔단 말이오. 그러나 이젠 그게 통하지를 않소. 계약서를 검토하거나 거래를 중개할 필요 자체가 없어진 거요. 이제 필요한 건 변기를 고치는 거지"(뉴멕시코 타오스, 아서 싱클레어 주니어 인터뷰). 『세계대전 Z』 228쪽

이 대목에서 나, 쌀알을 키워 내지 못하고 벽돌을 빚어 내지 못하며 청소나 정리정돈과도 담쌓은 책상물림인 나는 스스로를 엄중

히 돌아보게 되었을까? 영향력 있는 동화작가 안데르센 씨에게는 미안하지만, 머리 굵은 나에게는 그의 저주가 다시 먹혀드는 일은 일어나지 않았다. 오히려 저 장면을 통해 이 세상의 이치가 눈앞에 선명해지는 것을 느꼈다. 어떤 일을 택하여 그 일로 밥벌이를 한다는 것이 누구는 꼭 천국 가고 누구는 꼭 지옥 가는 폭력적인 심판의 문제가 아니며, 그냥 순전히, 우리 모두의 주사위 놀음, 운의 문제라는 확신이 차올랐던 것이다.

★

계약서와 거래가 원활히 융통되어야만 할 세상이 있다. 생존이 절대가치인 세상이 있다. 문명의 재건이 급선무인 세상이 있다. 각각의 세상은 번갈아 펼쳐지기도 하고, 한 시대에 동시다발로 존재하기도 한다. 어쨌든 한 사람은 하나의 시간에 하나의 세상만을 살아갈 수 있다. 좀비 떼를 피해 북쪽으로 북쪽으로 전속력으로 달아나는 것만이 우리가 취할 최선의 방도인 세상에서, 계약서는 고사하고 쌀알과 벽돌조차 대체 누구 알 바이겠는가. 평화롭던 시절 도시농부 흉내로 마음의 위안 되어 주던 베란다 텃밭은 또 대체 무슨 소용이 되겠는가. 우리는 우리가 사는 세계를 입맛대로 골라서 살 수가 없다. 각자의 자질을 찾아 키우는 데 최선을 다하고, 마침 그 재주가 필요한 세상에 계속 살 수 있기를 바랄 뿐이다.

이것은 책상물림뿐 아니라 농부와 벽돌공까지 모두 우울하게 만드는 결론일까? (사실상 좀비의 세상에서 제일 필요한 전문가는 군인이다. 나머지는 아무 소용이 없으니, 아마 안데르센의 비평가들과 손에 손 잡고 지옥에 가겠지) 책 안에는 고맙게도 일과 직업에 관한 통찰을 일 깨우는 또 다른 이야기가 기다린다. 좀비 바이러스가 창궐하기 전 에 영화감독으로 이름을 날렸던 로이 엘리엇과의 인터뷰는 각자의 소용에 관한 희망적인 해석을 제시한다.

> "하루아침에 나는 아무것도 아닌 F6 등급으로 전락했지. 세상은 생 지옥으로 변해 가고 있었는데, 그렇게 우쭐대던 내 재능이 그걸 멈 추게 할 힘이 없었단 거지." [중략]
> "무슨 경력? 정부가 원한 건 군인들과 농부들이야"(로이 엘리엇 인터 뷰, 캘리포니아 말리부). 『세계대전 Z』, 259쪽

'성인이 되고 나서 내내 영화감독만 했'으며, '결코 실패를 모르 는 신동'으로 명성이 자자했던 사람이지만, 뒤집히고 박살난 아 비규환의 세상에서 영화 만드는 재주는 어떤 식으로도 쓸모를 인정 받지 못했다. 하지만 로이 엘리엇은 자기 재주로 세상에 기여할 방 법을 기어이 찾아낸다. 수많은 생존자들이 순전한 절망에 사로잡혀 잠자듯 죽음에 이르는 '자각 없는 사망 증후군'을 퇴치하기 위해, 희 망적인 선전영화들을 만들기 시작한 것이다. 아무도 도와주지 않는 데도. 아무도 그 소용을 알아주지 않는데도. 그 효과가 지독히 느리 게, 불확실하게 나타나는 데도 불구하고. 그리고 세상 쓸데없는 헛 된 짓으로 치부되던 그의 영화 작업은 결국은 사람들에게 소용이

되어 주었다.

밥을 벌기 위해 하는 모든 일들이, 밥을 벌어 주는 데에는 이유가 있는 것이다. 당장 돈으로, 밥으로 치환되지 않는 일들조차 마찬가지다. 딱 알맞는 때와 장소에 놓이지 못했을 뿐, 이 우주의 거대한 조화 속에서 어떤 일도 아예 소용이 없을 수는 없다.

쌀알도 벽돌도 없이, 우리는 아무도 지옥 가지 않을 것이다. 굶어죽을 수야 있겠지만, 직업 때문에 지옥 가지는 않을 것이다.

좀비의 세상에서도, 지금의 세상에서도.

☆ ....

ps. 맥스 브룩스가 쓴 『세계대전 Z』는 전 세계에 퍼진 좀비 바이러스로 인류가 절체절명의 위기를 통과하고 난 뒤, 세계 각지를 돌아다니며 생존자들을 인터뷰한 내용으로 이루어져 있는 소설입니다. 브래드 피트 주연의 블록버스터 영화로도 만들어졌다는 사실이 무색하게, 호평하는 사람들보다 더 많은 사람들이 불평을 토로하고 있는 광경을 인터넷서점의 책정보 페이지에서 구경할 수 있는 작품이기도 하지요.

많은 사람들이 읽다가 중도포기를 선언하게 되는 이유는 '수십 명의 회고 인터뷰로만 구성된 다큐멘터리'라는 딱딱한 형식 때문만은 아닐 거예요. 등장하는 인터뷰이들이 모두 '세계대전 Z'라는 인류사의 대사건을 과거형으로, 완결형으로 이야기하고 있음에도 불구하고, 독자 입장에서 그 사태의 전말을 파악하려면 아주 한참을 인내하며 읽어야 한다는 점이 높은 장벽으로 작용하는 것 같습니다. 530페이지가 넘는 두꺼운 분량도 한몫하겠지요. 10,000피스 퍼즐을 한쪽에서부터 차근차근 맞춰 가는 것이 아니라, 중구난방 아무데나 한 피스씩 툭툭 떨어지는 걸 받아 장님 코끼리 더듬는 심정으로 늘어놓는 형국이라면, 초반에 포기하고 싶은 마음이 굴뚝같아지는 것도 당연해요. 영화와는 달리 중심 줄거리를 이끌어 가는 매력만점 주인공을 점찍어 내세우지도 않기 때문에, 딱히 이입할 건덕지가 없는 것도 쉬 지치게 하는 요소인 듯합니다.

　하지만 포기하기 아까운 소설이에요. 얼개를 폐기까지 시간이 좀 걸리지만, 얼개에 대한 욕심을 내려놓고 보면 굉장히 다채롭고 재미있고 다층적인 이야기들이거든요. '사건의 개요와 이 세계의 히스토리를 빨리 알아내겠다'는 강박감을 버리고, 인터뷰 하나하나를 독립된 단편소설처럼 읽기를 권하고 싶습니다. 하나의 세계관 위에 울타리를 친 단편소설 농장을 거닌다고 상상하는 거죠. 이 농장에서 당신은 양도 보고 소도 보고 토끼한테 먹이도 주겠지만, 전체 농장의 지도를 그리는 게 화급한 용무는 아닌 겁니다. 어차피 끝까지 거닐고 나면 자연스레 알게 되는 걸요. 느긋하게 마음먹고 한가로이 둘러보세요. 눈앞에 노니는 양과 소와 토끼와, 건초와 잔디와 파란 하늘과, 무엇보다도 땅 밑과 덤불 속에서 불쑥불쑥 튀어나와 덤벼드는 흉악무도한 좀비들을 면면이 즐겁게 사귀어 보시기 바랍니다.

어슐러 K. 르 귄
『빼앗긴 자들』
────── ☆
사회체제와 일하는 사람에 관한 고도의 사고실험

　　　　　　　　　『빼앗긴 자들』의 주인공 쉐벡은 천재 물리
학자다. 여기서 '천재'라는 수식어를 쓰기 전에 나는 잠시 머뭇거린
다. 그 단어는 호들갑스럽다. 노력을 축소시키고 재능을 과장하려는
불온한 욕망이 엿보인다. 듣는 쪽을 간단히 압도하려는 교활한 기
망의 기색도 있다. 그리고 무엇보다도, 어떤 전형적인 이미지를 끌
어들인다──자기중심적이고 괴팍한, 대하기 힘든 괴짜의 이미지.
쉐벡은 그런 사람이 아니다. 그는 노력하는 사람이고, 성실히 일상
을 꾸려 나가는 사람이다. 더군다나 '자기중심적'이라니, 이런 말은
각별히 조심해서 쓸 일이다. 그의 고향 별에서 그것은 가장 신랄한
비난이었다. 안 된다, 나는 이 진지하고 고독하고 품위 있는 남자에
게 그런 오명 비슷한 것 한 방울도 묻지 않기를 바란다.

그는 아나레스에서 나고 자랐다. 비옥한 쌍둥이행성 우라스와는 달리, 아나레스는 황량하고 척박한 곳이다. 본디 그곳은 사람이 살지 않는 불모의 땅, 광산기지에 광부들만이 2~3년씩 머물다 갈 뿐인, 식민지로조차 가치가 없는 곳이었다. 일단의 아나키스트, 일명 오도니안들이 이민선에 몸을 싣고 건너오기 전까지는. 그들은 원래 자본주의와 계급제도, 온갖 차별이 만연한 우라스의 사회체제에 반기를 들고 소란을 피우는 문제아들이었다. 이들 때문에 골머리를 앓던 우라스 세계의회가 아예 달을 내주기로 결정했던 것이다. 재래의 질서를 뒤흔드는 이들을 뚝 떼어 우주 저편으로 내보냄으로써, 본토는 본토대로 평화를 되찾고, 저들은 저들끼리 마음대로 살 수 있게 해주는 것이니 나름 원원하는 묘안이었던 셈이다.

이후 200년의 세월이 흐르는 동안 아나레스에는 평등과 나눔, 존중과 공유로 돌아가는 사회주의 세상이 무르익었다. 이념과 사회 체계, 심지어 언어까지도 우라스와는 전혀 다른 세상이었다. 아나레스 인들은 자기들 철학을 기반으로 완전히 새로운 언어를 만들어 썼다. 소유와 착취 개념을 원천 봉쇄하려는 치밀한 기획의 소산이었다. 언어가 사고를 규정한다는 사피어 워프의 언어 상대성 가설을 뒤집어 활용한 형국인 셈이다. 이를테면 아나레스의 인공어 '프라 어'에는 계층을 가리키는 단어나 존칭이 존재하지 않고, 어법상 소유격이 회피되는 것이 특징이다. '이건 내 것이고 저건 네 것'이라는 말을 프라 어로 하면 '난 이걸 쓰고 넌 저걸 쓴다'라는 식이다. 자기중심적인 것, 우라스 사람처럼 소유하거나 착취하려 드는 것—

프라 어에서는 이런 말들이 가장 욕설에 가까웠다.

쉐벡은 '자기중심적'이라는 힐난을 자주 듣는 편이었다. 이를 테면 어린 아기일 때 그는 햇볕 드는 자리를 독차지하려고 떼를 쓰다가 "네 것이 아니니 공유해야 한다"며 보모로부터 꾸중을 듣는다. 좀 더 자랐을 때에는, '말하기와 듣기' 수업에서 시간에 대한 자기 생각을 일방적으로 쏟아내다가, 그룹 지휘자에게 저지당하고 훈계를 듣는다.

"말하기는 나누는 거다. 상호협동의 기술이지. 넌 나누고 있지 않아. 자기중심적으로 굴고 있을 뿐이야."

하지만 쉐벡이 자기중심적이라는 건 오해다. 그는 다만, 자기 생각에 침잠하는 내향적인 기질을 타고났을 뿐이었다. 아나레스 사회가 그런 기질을 탐탁지 않아 하는 건 그의 탓이 아니다. 한 사회에서 선호되는 인간 유형의 범주는 언제나 협소한 법이다. 그리고 그 범주에서 멀리 떨어진 사람일수록 내밀한 자괴감과 씨름하게 되기 마련이다. 어울리지 못하고 겉돌기만 하다가 집에 돌아와서야 편안해지는 사람들. 스스럼 없는 사교성을 열심히 흉내 내며 하루를 보낸 뒤 자기혐오에 사로잡혀 이불킥 하는 사람들. 수십 년을 살아도 매 순간 세상에서의 처신이 아득히 낯선 사람들. 이곳 지구에서는 최소한, 이런 사람들이 반사회적이라는 혐의에까지 시달리지는 않는다.

아나레스에서는 다르다. 그곳은 극단적인 집단주의 사회다. 사람 관계와 공동체의 압력이 법적 강제를 대신하는 곳이다. 사정이 그렇다 보니 고독, 프라이버시 같은 개념에 사치와 과잉이라는 부정적인 딱지가 붙게 되는 것이다. 나아가 외톨이 성향은 그냥 '다름'으로 인정되는 것이 아니라 도덕적인 결함으로까지 간주될 수 있었다. 그러하니 쉐벡이 겪어야 했던 도덕적인 갈등──본성과 사회의식 사이의 줄다리기는 아마도 어쩔 수 없는 일이었을 것이다. 그가 내밀한 죄책감을 극복할 수 있었던 것은 마침내 자신의 기질과 사회의 요구를 일 안에서 화해시켰을 때였다. 혼자 한 일의 성과가 더 좋았던 것이다. 물리학 연구는 가치가 있는 일이었고, 그는 그 일을 잘 했으며, 그 성과가 그 사회에 중대한 반향을 일으켰으므로, 혼자 있을 때 일이 더 잘 되더라는 그의 주장은 도덕적 정당성을 획득했다. 그리하여 아나레스 사회는 그에게 프라이버시라는 특권을 수여했고, 그는 자기중심적이라는 자책 없이 혼자 일할 수 있게 되었다.

☆

『빼앗긴 자들』은 하나의 종족이 이룬 두 개의 세계에 관한 이야기이다. 표면적으로 이것은 자본주의 사회와 공산주의 사회를 놓고 전개한 고도의 사회인류학적 사고실험처럼 보인다. 소설 속에서 내내 대비되는 두 세계의 구도는 일견 냉전시대의 은유와도 같다. 우라스는 의심의 여지없이 자본주의 천국 미국을 꼭 빼닮았다. 물질적 풍요로움 속에 우아하게 예술과 문화를 향유하는 상류층, 고된 노동과 차별과 비하 속에 힘들게 생을 견뎌야 하는 하층계급 사람들. 우라스 사회를 떠받치는 건 기본적으로 소유와 착취, 불평등과 우열 개념의 비틀린 순환이다.

반면 아나레스의 경우는 조금 다르다. 이 사회를 구 소련에 대입시키기는 힘들다. 현존했던 어떤 공산주의 국가도 가 이르지 못한 경지에 이르러 있는 아나레스는 오히려 이상적인 사회주의 사회의 정교한 상상 모델에 가깝다. 사회주의 철학에 입각한 인공의 언어까지 따로 만들 정도로 세심하게 계획되어 긴 세월 성숙한 무정부 사회주의 사회가 과연 천국에 가깝냐고 하면, 안타깝게도 그렇지 않다. 인간사회의 병폐는 여기에서도 생겨난다. 집단주의와 관료주의가 과도하게 발달한 아나레스에서는, 우라스 사회와는 또 다른 종류의 인간성 억압이 작동하기 시작한다. 다름에 대한 억압, 자유에 대한 구속이.

그 사이에 쉐벡이 있다. 적대와 몰이해의 벽을 넘어 자발적으로 두 체제의 사이를 오간 한 사람이. 아나레스적이기엔 너무 개인적이고, 우라스적이기엔 너무 양심적인 우리의 경계인이. 그리고『빼앗긴 자들』은 쉐벡을 통해 사회체제에 대한 거대한 사고실험 아래 더 깊은 층위에서, 그 사회 구성원들의 의식 속 섬세한 역동을 들여다보게 된다. 물리학 연구라는 자신만의 일을 통해 스스로를 알아가고 세상과 소통해 나가는 쉐벡을 투과하면서, 이 이야기는 사람의 본성과 일의 의미, 그리고 소명에 관한 꾸준한 고찰의 기록으로 변주된다. 일에 대한 책임감이 어떻게 삶의 내용을 구성하는지에 관한 이야기로.

그는 오도니안 용어로 이 의무를 그의 '세포적 기능'이라 인지했다. 개인의 개인성, 그가 가장 잘 할 수 있는 일, 그러므로 그의 사회에 대한 최선의 기여를 표현하는 유추적 용어였다. 건강한 사회라면 적응성과 강함을 찾는 모든 기능 간의 공동작업 속에서 그가 자유로이 최대 기능을 시험하도록 놓아둘 것이다. 『빼앗긴 자들』, 458쪽

나이나 관행에 쫓기지 않으면서 여러 일들을 거치며, 적성을 찾아 그 일에 몰입할 수 있는 아나레스 사회의 노동관은 이상적이다. 심지어 그들의 언어에서는 '일'과 '놀이'가 한 단어이기까지 하지 않은가.

지난날 몇 개의 직업을 거치면서, 내 일의 사회적 효용을 잘 헤아릴 수 없었던 경우들에서 특히 무기력감에 시달렸던 것을 기억한다. 당시에는 잘 몰랐지만, 지금은 그것이 일로부터의 소외였다는 사실을 안다. 우리 사회는 확실히 아나레스보다는 우라스에 가깝지만, 개인이 자기 일로부터 소외되지 않는 사회, 그를 위해 모든 개인이 '여러 공동작업 속에서 자유로이 최대 기능을 시험'해 볼 수 있게 해주는 사회로 몇 발짝 더 다가서는 것이 불가능하지는 않을 것이다. 해가 갈수록 조금씩 탄력을 더해 가는 기본소득 논의가 떠오른다. 아직 멀고 험하겠지만, 논의가 태동되었다는 사실 자체가 희망적이다.

ps. 『빼앗긴 자들』을 처음 읽은 건 10년도 훨씬 전의 일이었습니다. 사실 첫 독서는 망했었어요. 진행을 따라가기 어려워 혼란스러운 가운데, 광막하고 황량한 이미지만이 가슴을 가득 채웠죠. 어떤 책이라도 내용을 헷갈려하면서 제대로 읽기는 힘든 법입니다. 책을 덮기가 무섭게 저는 제가 뭘 읽었는지 까맣게 잊어버렸어요. 그러나 한 대목만은 뇌리에 강렬히 새겨져, 그 뒤 오랜 시간이 흘러도 결코 빛 바래지 않았습니다. 주인공 쉐벅이 우라스 사람들과 힘들고 궂은 일에 관해 말하는 장면이었죠. 그 장면은 심상하고 평이하게 지나갔지만 저한테는 크나큰 충격이었어요. 거기서 제기된 것은 제가 이전에 한 번도 품어 본 적 없는 의문, 상상해 본 적 없는 해법, 전제해 본 적 없는 윤리였기 때문이었습니다.

"하지만 그렇다면 더러운 일은 어떻게 시키지요?"

[중략]

"글쎄요. 우린 모두 다 그런 일을 해요. 하지만 아무도 그리 오래할 필요는 없지요. 좋아하지 않는 한에는. 데카드마다 하루씩, 공동체 관리자 회의나 블록 회의나 누구든 필요로 하는 쪽에 그런 일에 합류할 수 있겠느냐고 물어보면 그들은 순번제 리스트를 만듭니다. 달갑잖은 근무나, 수은광산 일과 제재소 일 같은 위험한 일은 보통 반년 정도만 하면 되고"

"하지만 그러면 모든 인원이 그 일을 갓 배운 사람들로 구성될 텐데요."

"그렇지요. 효율적이지는 않지만, 달리 어떻게 하겠소? 누구에게도 몇 년 안에 병신이 되거나 죽을 수도 있는 일을 하라고 말할 순 없어요. 그런 일을 왜 하겠소?"『빼앗긴 자들』, 208쪽

"여기에서는 더러운 일을 누가 하는지 모르겠군요."

그가 말했다.

"하는 모습을 본 적이 없어요. 이상한 일이오. 누가 그런 일을 하지요? 왜 그들이 하고요? 돈을 더 받나요?"

"위험한 일에 대해서는, 가끔은요. 하지만 대부분 천한 일은 그렇지 않습니다. 오히려 덜 받지요."

"그럼 그 일을 왜 하는 거요?"

"낮은 봉급이라도 없는 것보다는 나으니까요."『빼앗긴 자들』, 211쪽

어릴 때 저는 '좋은 직업을 가져야 잘 산다'는 명제의 정당성을 한 번도 의심해 본 적이 없었습니다. 긴 세월 죽도록 노력하고 공부해서 변호사나 의사가 된 사람들이 안정적인 지위와 고수입을 누린다는데 거기 딱히 무슨 문제가 있겠어요. 그러나 처우나 환경이 나쁜 일들, 이른바 '어린이 장래희망'에 포함되지 못하는 직업군에 대해서는 별달리 생각해 본 적이 없는 거였죠. 사실 아무도 장래희망으로 꿈꾸지 않았으나 결국에는 누군가 하고 있고 또 해야만 하는 궂은 일, 힘든 일, 위험한 일들이 세상에는 얼마나 많던가요. 그 일들은 교실이나 가정에서 보통 '공부를 안 하면 사후적으로 치러야 할 형벌'로서나 부정적으로 예증됩니다. 누군가가 하고 있고, 반드시 해주어야만 사회가 지탱되는, 그 누군가의

생업을 인과응보의 사례로 태연히 모욕해 버릴 수 있는 곳이 과연 건강한 사회인가.『빼앗긴 자들』이 싹틔워 준 이 의문은 이후 제 세계관의 중요한 일부로 자리 잡았고, 그래서 이 책은 줄거리를 제대로 기억할 수 없었음에도 불구하고 그 뒤로 쭉 제 인생도서의 반열에 올라 있게 되었습니다.

3부
**인간의 육체
인간의 정신**

아서 C. 클라크
『2001 스페이스 오디세이』
───────────────── ☆

나,
이토록 신체적인 존재

꿈 같은 잠이었다. 차가운 공기 속에 눈을 떠, 아직 푸르스름한 새벽빛을 바라보며 만족스레 중얼거렸다. 역시 나는 겨울 체질이다. 하룻밤에도 대여섯 번씩 잠을 깨는 고질적인 증상이 겨울이면 거짓말같이 사라진다. 밤뿐이랴. 이른 아침 든든히 챙겨 입고 나가, 영하 15도의 한파 속에 깊이 숨을 들이마셔 얼음 같은 공기를 폐에 가득 채울 때, 나는 수소풍선처럼 둥실 기분이 떠오른다. 이 춥고 쾌적한 감각을 어찌 사랑하지 않을 수 있을까. 겨울이 아주 긴 나라에 살면 더 행복할지도 모르겠다고 진지하게 생각한다.

찬 공기를 뚫고 걸어 동네 스타벅스에 이른다. 직원에게 웅얼웅얼 커피를 주문하고, 좋아하는 창가 좌석에 자리를 잡는다. 커피를

테이블에 올리고, 둔탁한 패딩을 벗어 의자등받이에 걸친다. 실내온도가 딱 적당하다. 덥지도 않고, 춥지도 않고. 쾌적한 공간이다. 불특정다수의 웅성임과 인기척 뒤로 거슬리지 않는 배경음악이 얇게 흐른다. 일을 하거나 책을 읽기 이보다 더 좋은 환경이 있을까. "집이 더 조용하지 않아?" 누군가 물었을 때 나는 고개를 저으며 대답했다. 집은 너무 조용하고, 또 너무 외로워. 나한테는 딱 이 정도의 사람 느낌이 필요해.

일을 시작한다. 마감이 코앞인데 뭐 잘 풀리지가 않는다. 머리를 쥐어뜯다가, 펜 끝을 잘근잘근 씹는다. 얼마나 그러고 앉아 있었을까. 강박행동이 나타난 걸 깨닫고 문득 동작을 멈춘다.

'당이 필요해.'

답은 정해져 있다. 뇌 회전이 꽉 막힌 기분이 들 때, 단 음식을 먹는 건 언제나 효과가 있었다. 나는 일어나서 초콜릿 마카다미아넛 쿠키를 사온다. 포장을 벗기자 버터와 설탕의 냄새가 코끝에 훅 끼친다. 노릇노릇한 표면의 질감, 드문드문 박힌 마카다미아넛과 초콜릿의 탐스러운 양감을 눈으로 더듬는다. 혀 밑에 침이 고인다. 입 안이 촉촉해진다. 조심스럽게 입을 벌려 크게 한 입 베어문다. 잇새에 끊긴 쿠키가 혀 위에서 부드럽게 뭉그러진다. 두피의 모근이 쭈뼛 일어선다. 아, 너무, 너무너무 달다. 나는 크게 한숨을 내쉰다. 끔찍하고 또 만족스럽다. 나의 뇌에 딱 필요했던 처방이다.

다 먹었다. 쿠키 부스러기를 조심스럽게 털어 내고, 노트를 도로 펼친다. 아까 끄트머리를 깨물어 댔던 펜을 다시 집어 든다. P사에서 만든 S펜이다. 10년째 꾸준히 사서 쓰는 제품이다. 손 글씨를 써야 할 땐 이 제품만 고집한다. S펜은 내 손에 무난히 감기는 그립감도 좋지만, 펜촉이 매우 가늘어서 글씨를 작게 쓸 수 있다. 글씨를 작게 쓸 수 있다는 게 중요하다. 집개미가 꼬물꼬물 기어가는 것 같은 글씨는 큼직하게 쓴 것보다 덜 못생겨 보이기 때문이다. 거슬리게 종이를 긁지 않으면서도 너무 매끄럽게 미끄러지지 않을 정도의 저항감이 있는 것도 중요하다. 그런 저항감이 있어야 손에 힘이 들어가서, 나의 악필이 더 심한 날림의 경지에 들어서지 않게끔 잡아줄 수 있다. 글씨를 쉽고 빠르게 쓰는 게 목적이라면 종이 위에서 스케이트처럼 미끄러지는 젤펜 또는 촉이 부드러운 펠트펜이 맞는 선택일 것이다. 하지만 내 경우 그런 펜들은, 글씨가 흉하고 알아보기 힘들게 써져서 결국 '글씨 씀'이라는 행위의 목적을 무색하게 만들어 버린다. 기껏 써 놓고 나중에 읽어 내지도 못하면 그게 웬 헛수고람. S펜에 대한 나의 선호는 글씨를 못 쓰는 나의 무능력——서툰 손과 머리의 조야한 협응력에 기인한다고 할 수 있다.

겨울에만 단잠을 잘 수 있는 체질. 찬 공기를 호흡할 때의 고양감. 스트레스를 받을 때 나타나는 강박행동. 쿠키를 먹고 컨디션을 쇄신하는 것. 특정한 펜을 골라 쓰고, 스타벅스를 찾아 해 드는 창가 자리를 골라 앉는 것까지. 오늘 아침 이 일들은 모두 내 신체에서 일어났다. 신체에서 출발하여 신체를 경유하지 않은 일은 하나도 없다. 이 시간 바깥으로 외연을 넓혀, 내 인생의 수많은 선택, 취향, 욕망들 가운데 그렇지 않은 것이 단 하나라도 있었을까. 불안은 노르

아드레날린의 분출, 기쁨은 세로토닌과 도파민의 조화. 내 정서의 바탕에는 무형의 신비로운 에너지가 아니라, 하나하나 분자식까지 명확히 규명된 호르몬이 흐른다. 신체 유지의 행동들을 유도하거나, 욕구 충족의 보상으로서 분비되는 화학물질 말이다. 이러한 기작이 없이, 먹고 자고 연애하고 번식하며 이 생을 존속하려는 나의 의지는 과연 어떻게 존재할 수 있을까. 그러니까, 수고로이 유지해야 할 불완전한 육신이 없다면, 지적 존재로서의 나는 어떤 동기로 그 생을 지속하려나. 이는 『2001 스페이스 오디세이』를 읽는 내내 내 머리를 어지럽힌 의문이었다.

☆

스탠리 큐브릭의 기념비적인 SF영화로도 유명한 이 작품은 크게 네 덩어리의 이야기로 엮여 있다. 첫번째 이야기는 아직 인류가 무리 짐승에 지나지 않던 시절, 미지의 외계문명의 도움을 받아 희미한 지성을 탑재하고 문명을 향해 첫발짝 내딛는 과정을 보여 준다. 두번째 이야기부터는 시대를 훌쩍 뛰어넘어 21세기로 와서, 인류가 달 뒷면에서 외계지성체가 남긴 300만 년 전 인공구조물을 발견하는 장면이 펼쳐진다. 그로부터 2년 후, 우주 탐험선이 토성을 향해 항해하던 중 인공지능이 착란을 일으키는 바람에 인간 승무원들이 절체절명의 위기를 맞는 세번째 이야기가 이어지고, 마지막에는 우주선의 유일한 생존자 보먼이 외계생명체와 만나 전혀 다른 생을 맞이하는 경이로운 이야기로 끝을 맺는다.

난해한 것으로 악명 높은 동명의 영화와 달리, 텍스트의 설명력을 한껏 활용한 이 작품은 그렇게까지 힘겹게 읽히진 않는다. 우주기술과 천체물리학, 천문학 등에 관한 철저히 과학적인 고증과, 외계문명이나 인공지능에 관한 대담하고 기상천외한 상상력이 절묘하게 조화되어 오히려 독서의 즐거움이 각별하다. 하나의 주동인물이나 줄거리에 집중하지 않는 특유의 스타일이 여기서도 약간의 산만함을 안겨 주는 가운데, 아서 C. 클라크는 크게 세 종류의 지적 존재를 등장시킨다.

첫째는 우리 인류다. 신체와 정신 모두를 가진 종족이다. 원시적인 원숭이인간에서 출발하여 부단히 발전해 온 인류는 소설의 시점 기준 이제 막 지구 바깥의 세계를 향해 서툰 첫발을 내디딘 참이다.

둘째는 인류가 발명한 인공지능, HAL이다. HAL에게는 신체가 없지만, 인공지능에 기반한 정신이 있다. HAL은 태양계를 가로지르는 우주선 디스커버리 호에 탑재되어 선체관리와 우주탐사의 두 가지 임무를 수행한다. 소설 속에서는 두 프로그램의 목적이 서로 충돌하는 바람에, 일종의 정신이상증세를 일으키게 된다.

보먼은 HAL이 프로그램 충돌로 생겨난 무의식적인 죄책감 때문에 지구와의 연결 회로를 끊으려 했다는 시몬슨 박사의 이론을 쉽사리 받아들일 수 있었다. HAL이 의도적으로 풀을 죽이려고 한 것은 아니었을 것이라고 생각하고 싶었다. [중략] HAL은 단순히 증거를 없애려 했을 뿐이다. 자기가 타 버렸다고 보고한 AE35 유닛이 제대로 작동하고 있는 것으로 밝혀지면, 자신의 거짓말이 들통날 테니까. 그리고 그가 그다음에 그런 행동을 한 것은 거짓말이 쌓이고 쌓여 주체할 수 없게 된 서투른 범죄자처럼 겁에 질렸기 때문이다. 보먼은 공포를 아주 잘 이해하고 있었다. 『2001 스페이스 오디세이』, 269쪽

보먼이 공포를 아주 잘 이해하는 것은 그에게 익사할 뻔했던 경험, 그리고 비행 도중 산소 게이지가 바닥났던 경험이 있기 때문이었다. 그리고 여기가 이를테면 '신체주의자'로서 내가 납득하지 못하는 지점이다. 익사와 산소 고갈, 둘 다 폐라는 신체 부위에 직접적인 고통이 가해지는 경험이다. 아마도 그때 보먼이 인지했든 안 했든, 그의 교감신경은 흥분되고 아드레날린이 미친 듯이 분비되었을 것이다. 그것은 명백히 인간의, 동물의 공포였다. 그것이 HAL의 공포와 어떤 연관성을 갖는단 말인가. 둘 다 '존재가 끝장날지도 모른다'는 불안반응으로 정의될 수 있기 때문에? 나는 이해할 수가 없었다. 그 어떤 신경물질도 분비되지 않는 철저히 비(非)신체적인 존재의 프로그램 충돌 효과가, 어떻게 육신을 가진 자의 공포와 동일할 거라고 생각하는 거지?

공포, 두려움, 기쁨과 자랑스러움 등 천양각색의 인간적 심리상태는 모두 신체를 기반으로 한다. 당 충전의 충동은 두뇌활동에 즉각 연료를 공급할 필요로부터 온다. 쿠키의 모양과 냄새를 앞에 두고 입에 침이 괼 때, '먹고 싶다'는 욕망 내지 '먹겠다'는 의지는 아밀라아제의 분비, 위장관의 꿈틀거림 같은 신체작용과 거의 동시에

일어난다. S펜에 대한 취향을 성립시킨 건 내 손과 뇌의 어딘가 나사 빠진 협응력이었다. 차가운 공기에 대한 내 선호는 아마도 항온동물로서의 신체 시스템에 남들과 다른 미묘한 오차가 있어서 생겨났을 것이다. 내 유전자에 각인된 사회적 동물로서의 본성은, 적당히 북적이는 카페에서 심리적 안정감을 찾게 만든다(아마도 세로토닌이 분비되겠지).

> HAL을 만든 사람들이 자기 창조물의 심리상태를 완전히 이해하지 못했다는 사실은 인류와 완전히 다른 존재와 의사소통하는 것이 얼마나 어려운 것인지를 보여 주었다. 『2001 스페이스 오디세이』, 268쪽

작가 아서 클라크를 존경하지만, 이 사실을 확인하기 위해서라면 별도의 지성적인 인공지능을 창조할 필요도 없었다. 나는 소가 되새김질할 때 신체를 어떻게 운용하는지, 그때 위장과 목구멍에 어떤 감각이 드는지 상상하지 못한다. 박쥐와 돌고래가 초음파로 소통하는 감각에 공감할 일은 영원히 없을 것이다. 잘린 신체가 새로 돋아날 때, 조그맣고 귀여운 불가사리가 어떤 느낌으로 그 부위를 자각할지 이해하는 것도 불가능하다. 육신을 가진 존재에 대해서도 이러할진대, 육신이 아예 없는 존재의 정신작용을 어떻게 이해할 수 있단 말인가? 배고프지도 않고, 당 충전의 충동을 느껴 볼 일 없고, 사회적으로 연결되어 있고자 하는 본능이 어떤 느낌으로 작동하는지도 모르고, 내 손과 내 습관에 어떤 펜이 어떻게 좋다는

탐색과 판단도 불필요하고, 아픔을 회피하거나 사랑을 간구할 필요도 없는 존재에게 삶은 어떻게 추동될 수 있단 말인가. HAL을 이토록 이질적인 존재로 만들어 놓고 공감의 불가능성을 고민하느니, HAL에게 생물학적 호르몬의 전자기적 유사 시스템을 장착시켜 버리는 편이 낫겠다는 생각이 드는 것이다. 기쁨의 보상 기작, 슬픔의 보상 기작, 공포의 보상 기작을.

하지만 아서 C. 클라크는 '이질적 지성체'와의 소통에 관한 내 깊은 절망감을 좀 더 가중시킨다. 바로 세번째 지적 존재, 인류를 문명화의 길로 이끌어 주고, 달과 목성에 인공구조물을 남겨 두고 떠나갔던 미지의 외계 지성체를 등장시킨 것이다. 이들은 천문학적인 시간 동안 고도의 기술발전을 거듭한 끝에 아예 신체를 떠나 순수 에너지의 복사체로서 존재하게 된 종족이다.

그들은 끊임없는 실험을 통해 우주의 구조 그 자체 속에 지식을 저장하고, 얼어붙은 빛의 격자 속에 자신들의 생각을 영원히 보관하는 법을 터득했다. 그들은 복사선으로 존재하는 생물이 되었다. 마침내 물질의 억압으로부터 자유로워진 것이다.
따라서 그들은 곧 스스로를 순수한 에너지로 변화시켰다. 그들이 버리고 간 텅 빈 껍데기들은 수천 개의 별들에서 한동안 멍하니 움찔거리며 죽음의 춤을 추다가 녹슬어 부스러졌다. 『2001 스페이스 오디세이』, 296쪽

그야말로 끝판왕이다. 육신도 없고, 뇌도 없고, 오로지 정신만이 남겨진 에너지의 복사선이라니! 이 선구적인 지성체를 상상해 보는 동안, 나는 그들과 의사소통을 시도할 모든 의욕을 잃었다. 갯벌에 발랑 나자빠져서 무력하게 사람을 올려다보는 불가사리나 바지락조개가 된 기분이었다. 내 신체의 한계와 가능성, 거기서 빚어지는 디테일을 전혀 이해하지 못하는 순수한 정신체와 더불어 도대체 무슨 교감을 나눌 수 있단 말인가.

나는 에너지로 존재하는 외계 지성체의 '열반의 경지'가 조금도 부럽지 않다. 살아가고 싶다는 나의 생 의지는 내 고귀한 정신활동이 아니라 내 불완전한 육체에서 나오기 때문이다. 그리고 여기서 방점은 '불완전한'에 찍힌다. 사회적인 무리본능을 타고 난 유성생식 동물로서, 나는 동료 인간의 따스한 포옹, 달콤하고 부드럽게 달래 주는 말, 내 연약한 육체를 보듬어 보호해 주는 손길을 갈구하고, 사랑하고 사랑받는 신체적 감각 속에 비로소 영혼의 고양감을 만끽한다. 내 생명유지 시스템이 독자적으로 자급자족할 수 없는 수많은 결핍들이, 나를 먹게 하고, 사랑하게 하고, 궁금해 하게 하고, 답을 찾게 만든다.

이 역동은 사회로까지 확장된다. 비슷한 신체 시스템들 사이의 미묘한 차이들이 우리를 서로 보완하게 만들고, 생각을 다르게 만들고, 그로 인해 반목하거나 갈등하거나 사랑하면서 발전해 나가게 만든다. 이렇듯이 결핍과 차이가 펼쳐지는 신체라는 장이 사라지면, 도대체 생은 무슨 동기로 이어질 수 있을까.

★

아까 산 커피는 다 마신 지 오래다. 텀블러를 탁탁 털어 마지막 한 방울을 혀 끝으로 핥아 내고, 나는 떡볶이를 먹으러 가야겠다고 생각했다. 신체 없는 삶을 상상하니 울적해졌기 때문이다. 기분이 이 모양일 땐 떡볶이가 제격이다. 쫄깃한 떡을 씹는 저작행동의 후련함, 캡사이신이 불러일으키는 후끈한 통각의 쾌감, 이른바 단짠의 조화 속 작열하는 나트륨과 당의 향연이 내 슬픔을 잠재우고 활기를 보충해 줄 것이다. 보라, 나는 이토록 신체적인 존재다. 떡볶이에조차 끌리지 않는 복사체 혼령으로는 그 어떤 세상도 살아가고 싶지 않아.

☆ ....

ps. 짐짓 좀 투덜거리긴 했습니다만, 『2001 스페이스 오디세이』는 매우 훌륭한 작품입니다. 머리를 땅 울리는 경이감에, 손에 땀을 쥐고 읽게 하는 재미와 몰입감에, 거침없이 질주하는 상상력까지, 1968년에 쓰여진 책이라는 게 믿기지 않을 정도예요. 『2001 스페이스 오디세이』, 『2010 스페이스 오디세이』, 『2061 스페이스 오디세이』, 『3001 최후의 오디세이』의 총 4권 시리즈가 완역되었을 때, 1편만 하겠어, 기껏해야 하던 얘길 연장하고 변주하는 거겠지, 라고 생각하며 심드렁하게 읽기 시작했는데, 웬걸요. 전혀 상상도 하지 못했던 전개, 예상을 두 번 세 번 뛰어넘는 상상력이 연거푸 허를 찌르고 들어오더라고요. 이건 정말, 읽어 보셔야 압니다. :)

추억의
호더

이것은 지구인들이 외계문명과 조우하는 이야기다.

이것은 한 학자가 새로운 앎, 낯선 관점에 눈뜨는 이야기다.

이것은 다 키운 아이를 잃은 한 어머니의 이야기이다.

이것은 미래에 대한 앎이 있음에도 불구하고/있기 때문에, 선언적인 선택을 해 나가는 이야기이다. 과정 속에서 의미를 찾는 것에 관한 이야기이다.

시간 축 위의 모든 것이 추억인 사람의 이야기이다.

☆

나는 물건에 대한 애착이 강하다. 한번 정

든 물건은 쉽게 버리지 못한다. 내 주제를 깨달았기에 망정이지, 하염없이 천진난만하게 살아왔다면 지금쯤 이 구역의 악명 높은 호더(hoarder, 수집광)가 되어 있었을지도 모른다. 천만다행으로 나는 내게 축적의 욕망만이 주어졌을 뿐, '잘 축적하는 능력'은 허락되지 않았음을 일찌감치 파악하였다. 세상 온갖 종류의 물건들에 속절없이 매혹되곤 하면서도 쉽게 사들이거나 모으는 취미를 붙이지 않을 수 있었던 건, 잘 못 버리고, 잘 못 정리하는 기질이 어떤 참사를 초래할지 그려 볼 수 있었던 덕분이다.

스스로가 못 버리고 못 정리하는 사람이라는 걸 알고 있으면 물건을 살 때 자연스럽게 신중해진다는 장점이 있다. 쓰레기를 쌓아 놓고 살고 싶은 건 아니기 때문이다. 가장 적확한 요구를 충족시키면서, 바가지를 쓰지 않으면서, 미감에 거슬리지도 않아 오래도록 만족스럽게 사용할 이상적인 단 하나를 찾기 위한 여정에 기꺼이 시간과 노력을 투자하게 된다. 그 과정에서 거치는 모든 감정들, 고민과 망설임과 실망과 결단과 뿌듯함이 결국은 높은 확률로 잊히지 않게 된다. 여기에 악순환의 징조가 서린다. 이미 내 것으로 소유하기도 전에, 물건을 둘러싸고 발생하는 감정이 이미 너무 많다.

어차피 잘 못 버리기도 하지만, 정서적인 기억이 스민 물건을 버리기는 더더욱 쉽지 않은 법이다. 어쩌다가 버리더라도 오래도록 후회하곤 하는 것이다. 나는 유행이 너무 지나 더 입기 민망해 10년도 더 전에 처분해 버린, 고등학교 때 샀던 감색 잔꽃 무늬 블라우스를 지금껏 그리워한다. 쇼윈도로 들여다보고 한눈에 반해 이끌려

들어간 홍제동의 작은 보세가게에서, 부드러운 백열전구 조명 아래 그 차갑고 매끄러운 소맷자락을 만지작거리며, 기어들어가는 목소리로 "조금만 깎아 주세요"라고 조르던 순간의 머쓱하고도 설레던 기분이 그 블라우스에 깃들어 있었다.

이런 애착은 직접 구입한 물건들에만 국한되는 것이 아니다. 초등학교 1학년 때 할머니로부터 선물받은 체리가 그려진 립밤(소중히 간직만 하다가 다 굳었다)부터, 중학교 때 교내합창대회를 위해 급우들과 맞춰 입었던 회색의 '캔자스 유니버시티' 프린트 면티, 고등학교 때 같은 반 친구가 형광펜으로 내 이름을 흘려 써 준 노란색 포스트잇까지, 별별 이상하고 쓸모없는 것들이 손 닿는 데 서랍 속에 뒹굴고 있다. 이제는 기억으로만 남은 한때의 감정들을 소리 없이 증언해 주는 물건들이다. 지나간 시절의 가냘프고 파리한 순간, 연기처럼 흩어졌을 기분의 한 자락들이 거기에 물화되어 남겨져 있다. 그러니까, 내 중구난방 축적의 진짜 기준은 '소용'이 아니라 '정서'다. 물건 욕심이 아니라 추억 욕심이다. 나를 켜켜이 부풀려 높이 고양시키는 작은 기쁨의 트리거들.

정리를 잘 할 줄 모른다고 해서, 잘 정리된 환경의 쾌적함을 모르는 건 아니다. 미니멀 라이프의 유행 속에 나라고 그 매력에 둔감했겠는가. 관련된 책들을 여러 권 읽고, 여러 번 감탄하고, 여러 번 의지를 새롭게 다졌으나, 당연히 한 번도 효과는 없었다. 아무것도 달라지지 않는 걸 알면서도 계속 다시 찾아 읽는데, 이쯤 되면 정리 정돈에 대한 나의 태도를 '불가능에 대한 선망 중독'쯤으로 규정지어도 좋을 법하다.

그런 책들에서 공통적으로 강조하는 건 '잘 버리기'였다. 대개의 이야기를 수긍하며 읽던 가운데, 단 하나 나를 경악시켰던 팁이 있었다. '추억이 담겨 있어 아까운 물건들은 사진을 찍어 놓고 버리라'는 조언이었다. 추억 때문에 간직하는 물건의 경우 기억만 할 수 있으면 되니까 실제의 부피를 소거시키라는 논리였다. 나는 마음속으로 세차게 고개를 가로젓는다. 이건 안 돼. 남들은 몰라도 나는 못해. 사진으로 남기라니, 나는 내가 사진을 어떻게 대하는지 경험적으로 잘 알고 있다. 디지털 파일이건 필름을 인화한 사진이건, 하드디스크나 구두박스 안에 뚜껑 닫아 처박아 놓고 결국은 까맣게 잊어버리곤 하는 것이다. 나는 그렇게 잊고 살기 위해 물건들을 간직하는 것이 아니다.

'추억에 집착해서 현생을 이렇게 엉망진창 만들고 싶어요?'라고 그 전문가는 일갈할지도 모르겠다. 그렇지만, 그렇지만 말입니다, 추억 없이 내 현생이 어떻게 성립하나요?

테드 창의 「네 인생의 이야기」는 과거뿐 아니라 미래까지도 자유롭게 추억할 수 있게 된 사람이 주인공이다. 지구에 외계인이 나타나자, 언어학자인 루이즈는 군과 정부가 급히 꾸린 연구팀에 합류한다. 외계인과의 소통을 위해 아주 기초적인 단어로부터 시작하여 언어와 문자를 연구해 나가던 루이즈는 외계 언어의 세계관에 사고체계가 동화되어 가기 시작하고, 이윽고 현재와 과거와 미래에 대한 통시적인 인지를 발달시키게 된다. 그리고이 이야기의 사이사이에, 루이즈가 딸을 낳아 키우던 과정의 달콤쌉쌀한 에피소드들과, 그 아이를 잃은 고통이 끊임없이 병치된다.

수년 전, 이 작품을 처음 읽었을 때가 생각난다. 헷갈려서 여러번을 다시 읽었다. 3인칭이다가 1인칭이다가 오락가락하는 시점, 과거를 술회하는 것인지 현재를 설명하는 것인지 문단마다 바뀌는 시제 등, 혼란을 일으키는 장치들이 반복적으로 나와서 갈피를 잡는데 애를 먹었다. 그럼에도 불구하고 강렬한 작품이었다. 하나하나의사소한 결정들이 차곡차곡 쌓여 거대한 슬픔으로 가는 길이 될 것임을 알면서도, 담담히 그 운명적 선택을 수행해 나가는 주인공의태도는 숫제 아름다울 지경이었다.

루이즈가 '미래를 내다보는' 능력을 갖게 된 건 헵타포드 외계인의 언어에 숙달되었기 때문이었다. 그들의 언어는 시간을 통시적으로 다룬다. 과거와 현재와 미래를 한 문장 안에 농축시키는 이 언어는 결국 사용자의 사고체계를 목적론적으로 변형시킨다. 소설에서도 주지하고 있다시피, 목적론 자체는 오류가 아니다. '빛이 목적지점까지의 최단경로를 알기 때문에 물속에서 굴절된다'와 '물의굴절율이 공기와 다르기 때문에 빛의 경로가 꺾인다'는 결국 빛이정해진 한 지점에 가닿는 방식을 설명하는 다른 설명들일 뿐이다. 그 신비롭고 초월적인 분위기 때문에 헵타포드 외계인들이 마치 코스모스 버전의 예정설을 전도하러 온 게 아닐까 싶어지기도 한다.

그러나 나는 이와 비슷한 세계관의 소유자들을 전혀 종교적이지도 금욕적이지도 않은, 블랙 유머의 형식 속에서 만나본 적이 있다. 커트 보니것의 『제5도살장』 속 트랄파마도어 인이 바로 그들이었다.

　내게 「네 인생의 이야기」는 커트 보니것의 『제5도살장』에 보내는 지적인 화답처럼 느껴진다. 『제5도살장』 속 외계인 트랄파마도어 인들은 모든 시간을 동시에 볼 수 있었고, 우주가 어떻게 종말을 맞이하는지도 알고 있었다. 자기네 종족의 조종사가 비행접시의 새 연료 실험을 하다가 시동 단추를 누르게 되고, 그 길로 우주 전체는 사라져 버리게 된다. "알고 있다면 막으면 되지 않느냐"고 묻는 주인공 빌리에게, 트랄파마도어 인은 침착하게 설명했던 것이다.

> "그 조종사는 늘 그걸 눌렀고, 앞으로도 늘 누를 겁니다. 우리는 늘 누르게 놔두었고 앞으로도 늘 놔둘 겁니다. 그 순간은 그렇게 구조화되어 있습니다." 『제5도살장』, 151쪽

　'쭉 뻗은 로키산맥을 보듯이 모든 시간을 보는' 트랄파마도어의 외계인들은 유쾌한 버전의 헵타포드였다. 그들은 인생에 불유쾌가 한 세트로 오는 것임을 잘 알고, 삶을 있는 그대로 받아들이면서 그 안의 좋은 순간들에 집중하는 지혜에 몸을 맡긴다.

　「네 인생의 이야기」에서 헵타포드의 언어와 사고체계에 익숙해진 루이즈는, 자신의 모든 말, 행동, 선택의 귀결들을 디테일하게 그냥 '알게' 된다. 식료품점에서 파는 샐러드볼을 보는 순간, 아직

태어나지도 않은 딸이 먼 미래에 그 물건에 얼굴을 긁혀 반죽을 뒤집어쓴 채 울다가 응급실에서 크게 한 바늘 꿰매게 되리라는 사실을 '기억'해 내는 식이다. 그토록 전방위적인 앎을 견지한 채, 그녀는 절박하기까지 한 심정으로, 단호하게 샐러드볼을 집어다가 계산대에 올려놓게 되는 것이다. 훗날 그것이 사랑하는 딸을 다치게 하리라는 걸 앎에도 불구하고.

이제 그녀의 모든 선택은 그런 식이다. 그녀는 그 남자와 결혼한다. 슬하에 딸을 둔 채 이혼하게 될 것을 알면서도 아이를 잉태한다. 그 애가 스물다섯 살에 산악등반을 하다가 사고사 하게 되리라는 걸 눈앞에 빤히 그리면서도. 아직 일어나지도 않은 그 일로, 미리 악몽에 시달리기까지 하면서도.

헵타포드는 언설로 표현하지조차 않았고, 트랄파마도어 인들은 코믹하게 단순화시켜 말하는 진실을 그녀는 영민하게 깨닫고 있었던 것 같다——내 앞에 당도한 이 생이라는 초콜릿은 하나도 빠짐없이 다 달콤쌉쌀한 것이며, 쌉쌀함 없이 달콤함만을 취할 수는 없는 일이며, 나의 최선은, 가장 정갈하게 포장을 벗겨 한 알 한 알의 맛을 최대한으로 감각하는 데 있다는 사실을.

수면을 비춘 빛은 물 아래 한 지점에 가 닿는다. 그 도달점의 좌표가 유동적이며 수행자-빛의 의지에 따라 결말이 얼마든지 바뀔 수 있다고 생각하는 우리식 세계관에서는, 결국에 어느 지점에 가 닿을 것인지, 결말의 값이 무엇이 될지가 초미의 관심사다. 반면, 빛이 가닿을 지점이 미리부터 정해져 있다고 보는 외계인들의 사고방식에서는, 불변의 결말보다는 시시각각의 과정을 깊게 향유하는 데 의미가 있다. 그들은 영원히, 주사위를 다시 던진다. 인생이여, 백만 번이라도 다시 한 번! 그렇다──트랄파마도어 인들은 '자유의지'라는 개념이 우주에서 지구인들만 유난히 발전시킨 개념이라고 하였다.

★

실제의 쓸모를 다한 물건들은 공간을 번잡스럽게 만들기만 할 뿐이라는 건 오해다. 그 번잡함을, 반드시 소거해야 할 군더더기로 보는 것도 오해다. 다층적인 감정의 기억이란 결코 군더더기가 아니며, 오히려 실제적인 효력을 갖기 때문이다.

쓸모를 다 하고도 간직된 물건들에는, 다른 시간대로부터 의미를 펌프질해 올려 지금의 현실을 두텁게 재구성해 주는 헵타포드적 마력이 깃들어 있다. 과거의 정서들이 이 '물건'들을 매개로 현재로 소환되어 지금 당장의 기분을 호전시킬 때, 이들은 과거와 현재 사이를 아우르는 통시성을 확보해 주는 물리적인 교두보로 기능한다.

그러고 보면, 지구인의 세계관에서 추억이 언제나 일방향으로, 과거로부터 현재로만 향하게끔 되어 있는 건 나에게 얼마나 다행스러운 일인지 모르겠다. 구태여 미래까지 추억할 수 없게 생겨 먹은 우리의 세계관은, 버릴 줄 모르고 정리할 줄도 모르는 수집가에게 있어 얼마나 복인가. 추억의 방향성에 아무런 제약이 없었다면, 나는 수습 불가의 전방위 호더가 되고 말았을지도 몰라.

ps. 그럼에도 불구하고, 주기적으로 미니멀리즘에 귀의하고 싶은 충동이 밀려옵니다. 그래서 얼마 전에는 큰 장롱 위에 올려두었던 노트 박스를 끌어내렸습니다. 뒤져 보니 중학교 때와 고등학교 때의 일기장들이 나오더라고요. 오랜만에 펼쳐 보니 그 악필, 그 적나라한 감정묘사가, 소중하고 애틋하기는커녕 마침표 하나도 똑바로 쳐다보기 힘들었습니다. 이건 내가 아니야, 라고 저는 생각했지요. 10년, 20년 지나는 동안 체세포도 수백 번이 교체됐을 테니, 이건 내 것이 아닌 다른 사람의 것이야. 그렇게 생각하니 갑자기 버리기가 쉬워졌어요.

언제는 추억이 모여 내가 된다고 아련해 하더니, 가차없이 흑역사를 불태우는 이 행보에는 확실히 일관성이 없기는 해요. 뭐 어때요. 남들은 나한테 안 이래 줄 텐데, 나라도 나를 좋은 기억들로만 곱게 구성해 줘야죠.

거짓말의
효용

오래된 주택가였다. 금 가고 깨진 곳투성이의 창백한 시멘트 포장길에는 가장자리마다 잡초가 무성했다. 때는 스산한 11월 중순, 한때는 그 길에 초록빛 생기를 더했을 잎새들도 누렇게 말라붙은 지 오래였다.

재개발 이슈로 한참 시끄러웠을 무렵 뉴스에서 이 동네 이름을 보았던 것 같다. 줄눈이 바스러져 내린 시멘트 블럭 담벼락에 서툴게 갈겨쓴 빨간 스프레이 글씨, 천만 년은 걸려 있었나 싶게 날긋날긋 해져 버린 플래카드, 반쯤 찢겨 나간 채 붙어 있는 공고문의 글귀들이 내 기억이 틀리지 않았음을 확인시켜 주었다. 실제로, 창가에 쌓아 올린 세간살이에 가로막혀 햇빛 한 점 안 들게 생긴 허름한 살림집들 중간중간에, 확연한 빈집의 흔적들이 섞여 있었다. 빨간색

페인트로 엑스(X) 자가 처진 아귀도 잘 안 맞는 문짝들, 깨진 채 방치된 창문들, 버려진 가구와 가재도구들이 흩어져 비바람에 풍화되어 가고 있는 마당들.

안내받은 약도를 들고 더듬더듬 짚어 간 그 인적 없는 골목골목의 어느 깊은 모퉁이, 지어진 지 30년은 너끈히 넘어 보이는 연립주택의 반지하에, 빛바랜 오방색 깃발들을 드리우고 그 집이 있었다. 고개를 들어 호수를 확인한 후, 내가 그 문 앞에서 잠시 망설였던가. 차갑게 곱은 손을 들어 초인종을 누르고, 신경질적으로 서성인 시간만은 영겁 같았다. 이윽고 녹슨 철제 현관문이 철컹 열리며 누군가 빼꼼히 내다보았다.

"들어와요."

그녀가 낮은 목소리로 속삭였다.

☆

나는 평소 미신적인 사람이 아니다. 비록 괴담게시판과 귀신 이야기를 좋아하긴 하지만 그건 그런 계통의 이야기들이 불러일으키는 뒷통수 저릿한 감각을 즐기기 때문이지 그로써 어떤 종류의 내밀한 미신적 신념을 강화할 수 있어서가 아니었다. 인터넷에 돌아다니는 무료 사주나 별자리 운세도 단골로 클릭해 보지만, 그럴 때 마음은 봉봉(vonvon)에 이름을 넣어 볼 때와 큰 차이가 없다("당신은 전생에 섹시지수 120의 장군이었습니다!" 아이, 의미 없지만 재밌어). 하지만 그날은, 그 가을은, 아니, 그 해는 통째로, '평소'가 송두리째 사라진 시절이었다.

　인생이 발 밑에서 무너져 내리고 있었다. 하지만 무너짐 그 자체보다 이유도 원인도 모른다는 것이 더 끔찍했다. 답을 가진 한 사람은 철옹성같이 침묵했다. 지옥의 고통이 그 침묵으로부터 왔다. 어떤 보복이 아니고서는 이렇게 잔인할 수가 없는데, 묵묵히 최선을 다하며 살아온 세월 속에, 내가 어떤 악업을 쌓았기에 이런 응징을 당하는 것일까. 추론은 거듭거듭 실패하였다. 과학기술이 모든 걸 규명하는 21세기에, 아무런 논리적 인과를 찾을 수 없는 단죄가 나를 압살시키는 중이었다. 공황장애와 불면, 악몽이 번갈아 찾아드는 이 불가해의 지옥에서 이성과 합리는 미약하고 무력했다. "모르겠어." 논리력이 날마다 좌절한 채 기어들어가는 목소리로 되뇌었다. "너무 말이 안 돼. 그냥 현실이 아닌 거 아닐까?" 합리성이 비실비실하게 거들었다.

　종교를 가진 사람들이 설명되지 않는 부분을 떼어 내 신의 품으로 토스하는 걸 종종 보았다. 그럴 수 있는 게 절실히 부러웠다. 내게는 불가능한 일이었다. 나는 신앙을 가질 수 없는 정신머리를 타고 난 사람이다. 그래도 그냥 고통스러운 마음부터 어딘가 의탁하고 싶다는 충동도 없지 않았지만, 이번에는 최소한의 염치가 가로막았다. 믿지도 않고 믿을 것도 아니면서, 수녀님, 법사님, 랍비님을 이용해 먹고 싶지가 않았다. 무신론자 주제에 염치까지 있는 건 이럴 때 최악이다. 나는 내가 이중으로 저주받았다고 생각했다.

　알음알음 소문난 무당의 연락처를 구했던 건 그래서였다. 어차피 믿지도 않을 내 선호로는, 우주를 통치한다는 거대 신보다는 올 망졸망한 귀신 떼가 차라리 나았다. 그들을 매개하는 민속신앙의 사제에게는 최소한 정해진 값이라도 있었던 것이다. 복채 말이다. 어쨌거나 내가 염두에 둔 건 점괘가 아니었다. 기복의 푸닥거리도 아니었다. 근거 없는 뜬소리를 믿고 매달릴 마음은 추호도 없었고, 그런 신앙은 애쓴다고 솟아날 것도 아니었다. 바람은 딴 데 있었다. 털어놓을 곳, 들어 줄 귀, 그리고 나처럼 막막하고 불행한 사람들의 방대한 임상데이터를 축적하는 과정에서 몸에 밴 '마음 취급의 기술'.

그녀의 방은 컴컴하고 냉골 같았지만, 싸구려 티백을 담아 내준 차는 델 듯이 뜨거웠다. 얼음 같은 손으로 그 잔을 움켜잡고 나는 하얗게 피어오르는 김을 한동안 내려다보았다. 이제 나는 이성으로 거르기를 포기한 내밀하고 적나라한 날것의 이야기를 쏟아 낼 참이었다. 저 호리호리 마른 몸의 파리한 무속인은 귀 기울이고 넘겨짚고 알아맞히고, 그 어떤 말들을 내게 건넬 터였다. 그녀가 맞다고 믿는 말 혹은 들려주어야 한다고 결심한 말들을. 내게 해를 끼치지 않지만 결국은 비어 있을 말들, 그러나 끝내 내가 듣고 위로받을 말들을. 다정하고 충성스럽게 달콤한 거짓말을 끝없이 늘어놓았던, 『아이, 로봇』의 저 허비처럼.

★

허비. 그는 소설 『아이, 로봇』 속 한 에피소드의 주요 인물, 아니 로봇이다. 양전자 두뇌의 제조과정 중 알 수 없는 오류가 일어나 이상 작동하게 된 개체였다. 아무도 원리를 알아내지 못한 모종의 이유로 인해, 사람의 마음을 읽어 내는 성능이 생겨났던 것이다.

사람이 사람을 연모하는 마음, 사람이 기계를 질투하는 마음, 들끓어오르는 사회적 성공의 야망 등, 사람들의 가슴 깊은 데 은밀히 숨겨진 본심들을 읽어 낸 허비는, 그 간절함에 하나하나 다정하게 화답한다.

"당신, 그를 사랑하죠? 그도 당신을 사랑하고 있어요", "수학적 원리요? 제가 어떻게 알겠어요? 저는 기계고, 기계는 수학재능이 사람을 따라갈 수 없는 걸요", "그가 은퇴하냐고요? 물론이죠. 당신이 그 자리로 갈 거예요. 딱 적임자죠."

달콤한 말들이었다. 사랑에 실패할까봐, 기계가 나보다 똑똑할까봐, 승진하지 못할까봐 조마조마하던 마음들에 팡팡 불꽃축제가 열린다. 모두가 흡족해하고, 모두가 행복해했다. 확신에 찬 허비의 단언들이 새빨간 거짓말이었음이 밝혀지기 전까진.

아이작 아시모프의 『아이, 로봇』은 로봇심리학 분야에 평생을 바친 늙은 학자 수잔 캘빈의 회고를 내세워 다양한 로봇들의 에피소드를 액자형식에 담아 들려주는 소설이다. 일견 발랄한 우화집 같기도 하지만, 그 유명한 로봇공학의 3원칙을 세상에 소개하고, 그 원칙들의 적용과 상호 충돌을 다양하게 시뮬레이션 해보면서 정교하게 가다듬은 지침서이기도 하다. 아이작 아시모프가 이 책에서 주창한 로봇공학의 3원칙은 소설적인 아이디어에서 출발했지만, 꼭 필요한 강령들로 효율적으로 구성한 탓에 실제 엔지니어링이나 인공지능 분야에서도 유용하게 참조된다고 한다.

'제1원칙: 로봇은 인간에게 해를 입혀서는 안 된다. 그리고 위험에 처한 인간을 모른 척해서도 안 된다.' '제2원칙: 제1원칙에 위배되지 않는 한, 로봇은 인간의 명령에 복종해야 한다.' '제3원칙: 제1원칙과 제2원칙에 위배되지 않는 한, 로봇은 로봇 자신을 지켜야 한다.'

로봇공학 3원칙은 로봇을 만들 때 가장 기본적인 토대, 일종의 '본능'으로서 도입되기 때문에, 이를 위배하는 로봇은 존재할 수가 없다. 물론, 인간이 정해서 적용하는 규율일 뿐 만유인력의 법칙 같은 자연법칙이 아니긴 하다. 인간에게 해를 입히는 로봇, 복종하지 않는 로봇, 자살하는 로봇을 만드는 게 절대 불가능한 일이라고, 그러니까 이를테면, 모래로 쌀을 짓고 도토리로 총알을 만들고 고무신을 녹여 황금 금괘를 만들어 내는 거나 마찬가지라고는 할 수 없다. 마음을 먹는다면 어길 수도 있는 일이라서, 『아이, 로봇』의 여러 에피소드들 중에도 제1원칙을 슬쩍 수정시킨 로봇이 말썽을 일으키는 이야기가 나온다. 하지만 로봇공학의 3원칙은 대체로 아주 강력한 제조원리다. 잘 조직된 문명사회의 고도 기술산업에서 기반원리를 통째로 뜯어고친 제품을 만든다는 건, 어마어마한 자본과 권력의 비호가 없는 한 거의 요원한 일이다. 검색 기능을 싹 빼고 N 포털을 복제해 내는 작업쯤으로 비유하면 될까(『아이, 로봇』 속 저 예외적인 1원칙 수정의 일화 역시 군사영역의 개입 속에서 일어난 일이었다.

'살인하지 말라'는 인간사회의 절대규율이 군사영역에서는 합법적으로 완화되는 것과 비슷하게).

하여간.

허비는 군사적인 이유로 원칙을 위배해 가며 만들어 낸 로봇은 아니었다. 마음을 읽는 능력이 생겼다고 해서 존립 근거가 유명무실해지지는 일도 벌어지지 않았다. 그는 로봇공학 3대 원칙에 충실한 로봇이었던 것이다. 상처가 될 수도 있을 진실을 전하느니 차라리 거짓말을 하기로 했던 건 바로 거기에 연유했다. 진실이란 종종, 로봇공학 제1원칙, '인간에게 해를 입혀서는 안 된다'에 정면으로 위배되기 때문이다.

진실은 대개 아프다. 참혹하다. 들으면 틀림없이 마음이 부서질 진실을, 아끼는 사람의 면전에 아무렇지도 않게 들이밀 수 있는 사람이 얼마나 될까. 먼저 알고 있었다는 것, 그것은 말하는 자에게 선지자의 지위를 부여한다. 그것은 숭고하고도 고통스러운 자리다. 악역 아닌 악역이다. 내가 원치 않아도, 나의 말은 칼이 되어 상대를 벨 것이다. 나는 실시간으로 그가 피 흘리는 것을 지켜보아야 할 것이다. 내 말에 상처 입고 다친 상대는 진실이 불러일으킨 분노와 원망의 정서를 나에게 투사해 버리기도 한다. 이는 역사가 증언하는 사실이다. 적진을 찾은 사신들이 무수히 목이 베이고, 선지자들이 비극적인 순교의 단골손님이 되곤 했던 게 도대체 무엇 때문이겠는가? 그래서 사람들은 종종 '내가 진실을 안다'는 사실을 감춘다. 알면서도 모른 척하거나, 화제를 아예 회피하는 길을 택한다. 이는 나를 지키고, 잠깐이라도 상대의 마음을 지키고, 장기적으로는 둘 사이의 관계를 지키는 합리적인 전략이다.

그러나 딱하게도 그건 허비에게는 허용되지 않는 선택지였다. 이미 '마음을 읽는 로봇'임이 알려진 마당에, 누군가 와서 '네가 아는 그 사람의 진실을 이야기하라'고 요구할 때, 허비는 아주 딱한 처지에 놓일 수밖에 없다. 진실을 직면시키는 것은 상대에 대한 적극적인 가해라고 판단되는데, 제1원칙에 의거, 그는 결코 사람에게 해를 입힐 수가 없는 것이다.

말해 버리는 것이 적극적인 가해라면, 무지 속에 버려 두는 것은 소극적인 가해라고 할 수 있을 것이다. 둘 중 어느 쪽의 가해도 저지르지 않기 위해서는 제3의 길을 택할 수밖에 없다. 거짓말을 하는 것이다. 그것이 일시적인 면피책이냐 아니냐 하는 건 허비에게 중요하지 않았다. 미래에 대한 전망을 마음의 역학 속으로 끌어들이는 건 결단코 그의 능력 밖의 일이므로.

하지만 그가 '거짓말쟁이'였음이 밝혀지자 사람들은 거짓말이라는 선택지를 그로부터 빼앗아 버린다. 이제 인간에 대한 가해 두 가지 중 하나를 골라 무조건 수행해야만 하는 압박에 처하자 불쌍한 허비는 회로가 타버리면서 영원히 작동을 멈추고 만다. 허비의 거짓말에 속았다는 생각에 잔뜩 약이 올라 있던 사람들은 아무도 그의 죽음을 안타까워하지 않았지만, 사실 그건 정말 큰 손실이 아닌가?

갖가지 마음의 상처와 그 귀결에 관한 방대한 임상사례들을 공급받기만 했어도, 허용된 거짓말의 범위를 조금만 정교하게 조정받기만 했어도, 조금만 더 모호한 화법을 훈련받기만 했어도, 그는 마음을 달래 주는 일을 훌륭히 수행해 낼 수 있었을 터였다. 그저 털어놓고 사소하게 위로받기를 바랄 뿐, 심각한 상담치료소나 종교기관 대신 그냥 후미진 대나무숲을 찾는 데 만족하는 나 같은 종류의 사람들에게, 적절한 거짓말은 틀림없이 도움이 되기 때문이다. 그 낡은 재개발지구 어두운 반지하방에서, 지친 눈매의 생면부지 무속인이 나한테 그랬던 것처럼.

★

두어 시간 후 그 집을 나설 때, 나는 아까보다 가슴이 좀 트인 기분이었다. 그 두 시간 동안 그녀는 평가하지 않으며 들어주는 귀였고, 내가 모르는 세계관으로 다른 해석을 전해 주는 통역자였다. 그녀가 신념을 갖고 건네는 내용——운명론, '할머님' 말씀, 그리고 예언——을 나는 거의 믿지 않았지만, 그 말들이 좋았다. 누군가 내 마음을 들여다보며 어루만져 주려고 애쓰고 있음을 실감시키는, 고맙고 따뜻한, 그로써 이미 충분하고도 남을 거짓말.

어떤 거짓말들은 구멍 난 마음을 기우고, 어쨌거나 한 발 더 내딛게 한다.

아까워라, 허비의 잠재력은 거기에 있었던 것을.

☆ ⋯⋯⋯⋯⋯⋯⋯⋯⋯⋯⋯⋯⋯⋯

ps. 사람이 생전 하지 않던 물색없는 짓을 하게 만드는 힘에 있어서는 역시 사랑만큼 강력한 것이 없죠. 그 사랑이 시작될 때 제가 얼마나 많은 타로점을 보았는지 모릅니다. 거들떠보지도 않던 잡지 뒤쪽 별자리 운세를 샅샅이 다 뒤져 본 건 물론이고요. 점괘가 나쁘면 다시 보고, 새로 보고, 또 다시 보았어요. 다양한 풀이들 중에 싫은 건 얼른 잊어버리고, 내 마음에 드는 것만 쏙쏙 골라 품었죠.

그 사랑이 끝날 때에는 민간신앙의 끝판왕 무속인을 찾아갔으니, 수미상관한 결말이라고나 할까요. 한참 지나 돌아보니 그녀가 해준 말들은 아무것도 맞지 않았지만요. 그녀는 상대방에게 악귀가 들렸다고 판정하며 치를 떨었지만, 훗날 저는 다른 답을 알게 되었거든요. 뭐, 그게 중요한 건 아니죠. 사랑했던 사람 포함 그 누구도 진실의 메신저가 되어 주지 못했을 때, 틀린 답이라도 들려주며 무지의 지옥에서 저를 구해 주려고 애썼던 건 이 세상에 그녀 단 한 사람뿐이었으니까요. 그녀의 말들은 정말 허비의 거짓말 같은 것이었고, 저는 그 한 마디 한 마디가 눈물겹게 고마웠습니다. 보기에 따라서는 완전히 허튼 소리도 아니었다고 생각해요. 따지고 보면 바람도 일종의 악귀 맞으니까요. 고도의 메타포였던 거, 맞죠, 선녀보살님? :)

할머니의
난꽃 향

할머니를 떠올릴 때면 코 끝이 간지럽다. 살풋 난꽃 향이 스치는 것 같다. 은은하고 우아하면서, 다른 누구에게도 없는 향. 어린 시절 공항 입국장에서 초조하게 기다린 끝에 달려가 품에 쏙 안길 때 훅 끼쳐 오던 독특한 꽃내음. 그 향기는 할머니의 부드럽고 하늘하늘한 손길보다 더 확실한 것이었다. '진짜로, 우리 할머니가 오셨네.' 할머니가 계신 곳에는 언제나 그 향기가 맴돌았다. 한국에서의 체류를 끝내고 마침내 바다 건너 당신 댁으로 돌아가시고 나면, 나는 함께 지낸 방에서 그 향기가 서서히 엷어져 가는 걸 안타까워하며 시시때때로 코를 쿵쿵거렸다.

할머니는 스타일이 확실한 사람이었다. 외출할 때면 커다란 녹색 보석이 박힌 귀고리를 달고, 무릎 아래로 떨어지는 고운 원피스의 매무새를 정돈한 뒤, 예의 난꽃 향수를 착착 뿌렸다. 정성들여 빗은 머리에 클래식한 모자를 얹고, 섬세하게 꽃수가 놓인 레이스 양산을 손에 걸었다. 할머니는 젊어서부터 새침한 멋쟁이였고, 죽을 때까지 새침한 멋쟁이였다. 그리고 그녀는 나를 사랑했다. 나도 할머니를 사랑했다. 하지만 우리 사이에는 할머니의 확고한 스타일만큼이나 분명한 원칙이 있었다. 단둘의 외출이라 어쩔 수 없는 상황이 아니면, 할머니는 내 손을 잡지 않았던 것이다. 그녀가 양산 그늘 아래 웃음을 띠고 이쪽을 바라보던 순간들을 기억한다. 한 발 떨어진 곳에서 환히 빛나던 그 따스한 표정들.

집에서는 물고 빨고 예뻐하다가도, 함께 집밖으로 나서는 순간부터는 거리를 두곤 하던 할머니의 태도에서 내가 한 점 서운함도 느낀 적 없다는 건 지금 생각하면 참 신기한 일이다. 무던하기보다는 오히려 예민한 아이였음에도 불구하고 그랬다. 나는 그냥 알았던 것 같다. 할머니가 나를 부끄러워하는 게 아니라는 사실을. '이 예쁜 아이가 우리 손녀예요'라고 자랑하고 싶은 마음보다, 손녀를 둔 나이 든 여성, '할머니'로 보이고 싶지 않은 마음이 더 크다는 진실을.

늙음은 자연스럽다. 그에 대한 심적 저항 또한 그러하다. 죽음을 기피하고 젊음을 추앙하는 문화라서 특히 그렇다. 어떻게 달가울 수 있겠는가? 노화란 온세상이 찬양하는 젊음을 등지고 죽음을 향해 한걸음씩 다가서는 현상인데 말이다. 이런 세계관에서 늙음은 빠른 절정 이후의 기나긴 내리막이다. 반짝임이 꺼져 버린 사금

파리다. 아름다움이 젊음의 전유물인 세상에서, 노년이란 싱그러움이 손가락 사이로 흘러가 버린 지 오래, 김빠진 시간만이 망망대해처럼 지루하게 펼쳐져 있는 쓸쓸한 여분의 생인 것이다. 이런 세상에서 나이 든 사람이 젊음을 그리워하고, 노화의 모든 징후를 필사적으로 부정하며 청춘의 마지막 한 오라기라도 붙잡아 보려 애쓰는건 당연한 일이다. 어린 손녀의 할머니가 아닌 척, 슬쩍 뒤처져 딴전을 부리던 우리 할머니의 애처로운 노력을 누가 비웃을 수 있으랴. 할머니는 젊음을 사랑했다. 노화를 혐오했다. 청춘을 되찾을 방법이 있다면 기꺼이 모험을 감행하셨을 것이다——그것이 군인이 되어 우주전쟁에 참전하는 것이라고 해도.

소설『노인의 전쟁』속 수많은 노인들처럼.

☆

소설『노인의 전쟁』에서 CDF(우주개척연맹)은 인류의 조상별인 지구에서 상시적으로 모병활동을 벌인다. 일반적인 군대들과 정반대로, 대상은 노인들로 국한된다. 75세까지 살아 있을 경우, 지구에서의 모든 이력과 법적 권리를 포기하고 입대해 우주로 떠난다는 것이 계약의 골자다. 계약서에는 다음 조항이 명시되어 있다.

'본인은 우주개척방위군에 자원함으로써, 우주개척방위군에서 전투태세를 강화하기 위해 필요하다고 판단하는 어떤 내과적, 외과적,

치료적인 계획이나 절차에도 동의한다는 사실을 이해합니다.' 「노인의 전쟁」, 17쪽

이것이 결정적인 부분이었다. 여기서 노인들은 늙음을 '치유' 받을 수 있으리라는 기대, 젊음을 되돌릴 수 있으리라는 희망을 발견했던 것이다. CDF는 특정한 문화권의 노인들이 공유하는 특정한 정서를 제대로 꿰뚫어보고, 이를 절묘하게 이용하여 필요한 인적자원을 꾸준히 조달해 내는 데 성공한다.

즉 그들은 '노년까지 살아남기 좋은 경제 환경이 구축되어 있고, 사회적으로는 '젊음'에 대해 바람직한 인식을 가지고 있으며, 심리적으로는 노화와 죽음에 관해 몹시 불편하게 생각하는, 살기 편하고 고도로 산업화된 나라들에서 신병을 모집했고, 이런 사회의 노인들은 CDF에 딱 좋은 열의 넘치는 지원병이 되었'(『유령여단』, 74쪽)던 것이다.

'사회적으로는 젊음에 대해 바람직한 인식을 가지고 있으며, 심리적으로는 노화와 죽음에 관해 몹시 불편하게 생각하는' 사람들의 심리. 이 대목이 나의 할머니를 연상시켰다. 애써 거리를 두고 살랑살랑 걸으시던 그 자태가 눈에 선했다. 할머니뿐 아니라 할아버지도, 이제 당시의 그분들과 비슷한 나이가 되신 내 어머니와 아버지까지. 어린 날 산같이 높고 바위같이 단단해 보였던 그들의 어떤 연약한 순간들, 그것이 연약함인 줄도 모른 채 무심히 눈에 담았던 장면들이, 사뭇 다른 의미를 띠고 확대되었다가 멀어져 갔다. 스냅

사진처럼 기억에 못 박힌 장면들에 처음부터 깃들어 있었을 비릿한 쇠 맛이 비로소 입안에 맴돌았다. 그것은 늙음 앞에 무턱대고 뒷걸음질 치고 싶은 맹목적인 공포의 아린 맛, 쓰고 시고 아프고 애처로운 맛이었다. 새로운 조망 앞에서 내 마음에는 아득한 안쓰러움이 차올랐다. 이윽고 그 안쓰러움이 역류해 와 나를 휩쓴다. 늙음을 두려워하는 속내라면, 나라고 예외가 될 수 없는 법이므로.

결국 청춘을 예찬하고 노화를 혐오하는 경향을 내면화하는 건 조부모와 부모 세대만의 비참이 아니다. 국경을 넘어 대중문화를 공유하는 글로벌 시대, 인간이라면 그 누구라고 피할 수 있을까 싶다. 이 문제에 관한 한, 우리는 모두 노화 공포에 푹 절여진 걸어다니는 피클들이다. 강에 풀썩 던져진 마른 솜이불처럼 꾸역꾸역 그 경향을 온몸으로 빨아들이고, 꼬르륵 가라앉아 노화로부터 꽁무니를 빼고 청춘의 뒤를 좇으며 너울너울 헤엄쳐 다니는 해파리들이다. 보고 듣고 겪는 것 모두에 그런 경향이 내재되어 있으니, 레토르트 식품만 20년어치 챙겨 통신두절의 패닉룸에 틀어박히지 않는 이상, 저 문화적 세뇌를 어떻게 피할 도리가 없다. 그러므로, 『노인의 전쟁』이라는 제목 앞에서 첫눈에 뜨악함밖에 느끼지 못했던 건 딱히 내 탓만도 아닌 셈이다.

'노인의 전쟁'이라니, 밀리터리물을 그다지 좋아하지 않는다는 이유도 있었지만, '노인'이 주인공이라는 사실이 불러일으키는 반감이야말로 만만치 않았다. 대체로 나는 내가 읽을 소설의 주인공이 생기 있고 영리하고 반짝이고 호감가는 사람이기를 바란다. 아주 젊지는 않아도 최소한 거동이 힘들 정도로 늙지는 않았기를 기대한다. 외모가 아주 중요하지는 않지만, 그 자태의 묘사 속에 어떤 식으로든 개성과 매력이 담겨 있길 원한다. 그런데 '노인의 전쟁'이라고? 일흔다섯 살의 미국 할배가 군대에 입대하는 이야기라고? 쭈글쭈글 호호백발 할아버지가 근육이 다 빠진 앙상한 엉덩이를 엉거주춤하게 내밀고 서서 덜덜 떨리는 손으로 소총을 잡으려고 애쓰는 장면을 상상하게 만드는 저런 제목은, 글쎄, 책을 기꺼이 집어들게 만드는 데 유리한 조건은 확실히 아니었다. 하지만 이 책은 '노인'이라는 단어가 불러일으킨 부정적인 선입견에도 불구하고 확실히 나를 사로잡았다.

첫째, 주인공 존 페리가 어떤 젊은이라도 단숨에 찜쪄 먹을 매력에 빛나는 할아버지라는 점이 강력한 장점이다. 그리고 그 사실이 첫 페이지에서부터 여실히 드러난다. 그는 언제 어느 때라도 유머감각을 잃지 않는 성격인 데다가, 기본적인 시민으로서의 양식이 있는 사람이다. 지하철에서 임산부를 밀치고, 효도라디오의 트로트 메들리로 만인의 고막을 테러하고, 아무한테나 반말하며 버럭버럭 화를 내는 그런 노인이 아니다. 일흔다섯 살 이후의 지구를 후손들 손에 깔끔히 맡기고 떠나는 결단을 보면, 태극기집회 같은 데서 발버둥치며 울부짖는 그악을 떨지도 않을 게 자명해 보인다.

둘째, 그는 물론 내내 '할아버지'이지만, 외면상으로는, 소설 초반의 아주 잠깐 동안만 그렇다. CDF의 괴팍한 모병정책의 비밀은 특별한 기술력에 있었다. 노인들 각자의 DNA를 바탕으로 20대의 젊고 개량된 육체를 육성해 낸 뒤, 이쪽 육체에서 저쪽 육체로 의식을 전이시키는 기술을 보유하고 있었던 것이다. 이에 따라 입대한 노인들은 모두 새로운 젊은 육체를 받아 우주 곳곳의 전장들을 누비고 다닐 수 있게 되는 것이었다.

"그러나 궁극적으로 자네들이 신경을 써야 하는 것은, 자네들이 그래야 한다는 것을 알 만큼은 나이를 먹었기 때문이다. 이것이 CDF가 노인들을 병사로 삼는 이유 중 하나다. 자네들 모두가 은퇴했으며 경제적인 방해물이라서 데려오는 게 아니다. 또한 자네들이 자기 목숨을 넘어서는 삶이 있다는 것을 알 만큼 오래 살았기 때문이기도 하다. 자네들 대부분은 가족을 부양하고 자식과 손자들을 키워 보았을 것이고, 자신의 이기적인 목표를 넘어서는 일을 하는 가치를 이해하고 있다. 이런 개념을 열아홉 살짜리의 뇌에 박아넣기란 힘든 일이다. 그러나 자네들은 경험으로 안다. 이 우주에서는 경험에 의미가 있다." 『노인의 전쟁』, 206쪽

신병훈련소 안토니오 루이즈 상사의 말은 의미심장하게 다가온다. 우리의 문화가 젊음의 매력에만 열광하고 있는 동안, CDF는 현명하게도 늙음의 이점을 간과하지 않았다. 청춘에게는 깃들 수 없는, 갈고 닦인 경험의 힘이 거기 있다. 잃어버린 젊음을 애도하는 동안 자칫 망각되기 일쑤인 나이 듦만의 저력도 있다. 이것은 과학기술의 발달로 젊음과 연륜이 더 이상 양자택일의 문제가 아니게

될 때, 무게추가 더 이상 한쪽으로 과도하게 기울지 않는 세상이 될 때, 인류가 어떤 초유의 가능성들을 맞게 될지 그려 보게 만드는 통찰이다.

한 가지 더. 정교한 상상과 유쾌한 필치로 엄청난 가독성을 보장하는 이 소설에서 주인공 존 페리가 온 존재로 증명해 주는 건, 한 사람을 생생한 매력덩어리로 만드는 조건이 반질반질하게 잘 닦인 육체의 젊음이 아니라 건강한 인성과 늙지 않은 유머감각, 그리고 뚜렷한 주체성이라는 사실이다. 그가 독자를 매료시키는 순간들은 유전자 변이를 거친 그 초록색의 강건한 신체가 외계 종족의 점액질 머리를 호쾌히 날려 버릴 때가 아니라(물론 이 장면들도 매력만점이긴 했다), 시민적 양심과 실용적인 관점에 입각하여 소신있게 말하고 행동하고 수용하고 결정을 내리는 모든 순간들에 있었다. 말하자면, 그는 참으로 잘 늙은 사람이었다. 새로운 몸으로 다시 태어나는 찬스를 얻는 것보다 더 부러운 건, 그런 사람으로 늙어 갈 수 있었다는 걸지도 모르겠다.

☆ ┄┄┄┄┄┄┄┄┄┄┄┄┄┄

ps. 오래전 할머니는 제 방에 시세이도 오차드 향수 병을 남겨 놓고 가셨습니다. 저는 뭐든 버릴 줄 모르는 사람이라, 그것을 서랍 깊은 곳에 보관해 왔죠. 작년에 먼 이국땅에서 할머니가 돌아가신 후, 그 병은 다른 향수들과 나란히 제 화장대 위를 장식하고 있습니다. 다 쓴 공병이지만,

지금도 뚜껑을 열면 할머니의 난꽃 향이 풍겨요. 늙는 게 세상 제일 무서웠을 귀여운 우리 할머니, 내 사랑스러운 걸어다니는 피클, 반백년 앞서 간 노화의 바다 속 해파리. 이제 내가 이해하게 된 숙명적 두려움을 짐짓 숨긴 채, 레이스 그늘 아래 이쪽을 곁눈질 하던 그 멋쩍고 연약한 얼굴이 새삼 참 보고 싶습니다.

4부

사람이라는
희망

앤디 위어

『마션』

──── ☆

살아 돌아와 쥐서
고마워

마크 와트니, 엄격히 선발되어 치열하게 훈련받은 우주비행사. 식물학 및 기계공학의 학위가 있으며, 시카고 어딘가 있을 미국식 유머 학원 졸업생 명부에도 틀림없이 이름이 올라가 있을 것 같은 사람. 낙천주의자. 디스코혐오자. 70년대 텔레비전 드라마 강제시청자. 화성탐사 도중 모래폭풍에 날려 복부에 막대형 안테나가 꽂힌 채 홀로 남겨져 버린, 아마도 태양계 생성 이래 가장 참신한 방식으로 불운한 사람. 이것은 아마도 최고로 극단적인 재난 스토리일 것이다. 로빈슨 크루소는 최소한 산소 부족으로 죽을 걸 걱정하지는 않았다. 와트니는, 마실 물은커녕 공기마저도 호락호락 얻기 힘든 곳, 반경 5,460만 킬로미터 이내에 다른 생명체라고는 없는 다른 행성에 덩그마니 남겨지는 조난을 당하고 말았다. 그러므로 소설 『마션』을 열며 와트니가 내뱉은 첫마디를 어떻게 책망할 수 있을까. "좆됐다".

응, 그렇네.

우리는 동정적으로 어깨를 으쓱할 수밖에 없다.

☆

영화로 먼저 본 작품을 소설로 읽을 때 가장 곤란한 건 불필요한 시각 이미지들이 독서에 난입한다는 점이다. 그 이미지들은 콘텐츠 외적인 맥락을 줄줄이 매달고 흘러들어 오기 때문에, 소설을 하나의 독립된 작품으로 감상하는 데 치명적인 장애가 된다. 『마션』의 경우, 가장 큰 문제는 맷 데이먼이었다. 영화를 미리 봐 버렸기 때문에 나는 마크 와트니를 맷 데이먼의 얼굴로밖에 상상할 수 없게 되어 버렸다. 맷 데이먼이 해석하고 연기해 낸 버전의 마크 와트니에게는 아무 유감이 없다. 하지만 소설을 읽는 내내, 머릿속에 그려지는 마크 와트니의 모습에는 조난당하고 구출받기 전문 배우로서의 맷 데이먼의 필모그래피가 젖은 신문지처럼 찰싹 달라붙어 있었다.

공교롭게도 그랬다──맷 데이먼은 유난히 자주 '구출'되는 사람이었다. 그것도 개인적인 수준을 넘어서는 대대적인 물적·인적 공세를 통하는 경우가 대부분이었다. 미국의 어느 네티즌이 그동안 할리우드 영화에서 맷 데이먼 구출을 위해 들인 비용을 산출해 보았더니 총합이 무려 $900,100,500,000(약 1,050조 1,200억 원)이었다는 얘기도 있다. 게다가 「마션」 바로 얼마 전에 개봉했던 영화 「인터스텔라」에서 맷 데이먼이 연기한 역할은 와트니와 거의 판박이에 가깝게 닮기까지 했었다. 거기에서도 그는 외계행성에서 홀로 구조를 기다리는 우주비행사였던 것이다. 뭐니뭐니 해도 이 남자는 20년 전의 대작, 「라이언 일병 구하기」의 '그' 라이언 일병이 아니었던가. 그러니까 맷 데이먼의 얼굴은, 국가가 나서고 대중이 응원하는 구출 속에서 20년간 뼈가 굵어 온 사람의 얼굴이었다. '온 우주가 응원하는' 거대한 구조 작전의 반복적 수혜자.

덕분에, 읽는 내내 머리 한켠에 어른거린 건 '한 사람을 구출한다는 것의 의미'였다.

단 한 사람을 살린다는 건 어떤 의미일까. 전쟁으로 수만 명이 죽고, 가정폭력으로 매일 사람이 죽어 나가는 세상에, 머나먼 화성에 덜렁 떨어진 미국인 하나를 구하기 위해 전 지구가 의기투합한다는 건 대체 뭘까. 그가 중요한 사람이어서? 그가 소용이 있는 사람이어서? 그는 장군도 고관대작도 아닌 그냥 일병 라이언이거나, 또는 평균 이상 영리하긴 하지만 대체불가능한 천재라고까지는 할 수 없는 나사의 우주인이었다. 정말, 무슨 '소용'이었을까?

그런 물음이 있다. '한 명의 천재와 백 명의 범상한 사람들. 그 중 당신이 개인적으로 아는 사람은 없다. 이제 한 명 또는 백 명, 둘 중 한 쪽만을 살릴 수 있다면 당신의 선택은?' 어릴 때부터 이런 유의 딜레마 문답을 접할 때마다 매번 처음인 양 치열하게 골머리를 앓았었다. 답은 그때그때 바뀌곤 했지만, '민족 중흥의 역사적 사명을 따고 태어나 […] 인류 공영에 이바지'(feat. 국민교육헌장) 해야 한다는 신념에 영혼을 불사르던 어린 시절에는 그 천재(과학자)를 살려야 한다고 결론 내릴 때가 많았고, 일종의 탐미주의자로서의 정체성 형성에 탐닉하던 사춘기 시절에도 역시, 그 천재(예술가)를 살려야 한다고 생각할 때가 많았던 것 같다. 돌이켜 보면, 그것이 교육의 탓이건 문화의 탓이건 아니면 그냥 원래 그렇게 생겨 먹어서였건 간에, 당시 나는 정말 '소용'에 천착하는 인간이었다. 아마도 소용의 절대가치를 믿었던 것 같다. 하나하나의 값을 견줄 수 있는 소용. 평범한 백 사람보다 중요한 단 한 사람의 소용. 예술을 위한 소용, 과학을 위한 소용, '인류'를 진보시키는 위대한 소용.

그런데 정말, 그건 다 뭘 위한 소용이었을까.

"중요한 건 액수가 아닙니다. 지금 한 인간의 목숨이 절박한 위험에 처해 있습니다. 하지만 금전으로 환산하고 싶다면 마크 와트니의 임무 연장이 갖는 가치도 고려해야겠죠. 그의 임무와 생존투쟁이 연장되면 우리는 화성에 대해 아레스 프로그램을 모두 합친 것보다 더 많은 지식을 얻게 되니까요." 『마션』(제15장), 300쪽

나사 홍보팀은 구조작전의 소용을 이렇게 설명하지만, 홍보팀에 질문을 던진 기자들은 물론 독자들까지도 저게 그냥 공치사일 뿐이라는 걸 안다. 말이 되는 공식적인 이유를 제공해 보려는 것일 뿐, 이 이상적인 이야기에서 사람들이 정말로 신경쓰는 건 마크 와

트니가 얻어 올 화성에 관한 전문 지식이 아닌 것이다.

그렇게 많은 사람들이 겨우 나 한 사람을 살리기 위해 힘을 모았다고 생각하면 도무지 이해가 가지 않는다. [중략] 그렇다. 나는 그 답을 알고 있다. 어느 정도는 내가 진보와 과학, 그리고 우리가 수세기 동안 꿈꾼 행성 간 교류의 미래를 표상하기 때문일지도 모른다. 하지만 진짜 이유는 모든 인간이 기본적으로 타인을 도우려는 본능을 갖고 있기 때문이다. 『마션』 597쪽

와트니도 그에 대한 나름의 견해를 이렇게 피력한다. 이러한 설명은 일견 좀 단순하고 순진해 보인다. 앞바다에서 재난 당한 수백 명의 국민조차 구하지 않는 국가, 피해자 유족들을 외면하고 오히려 탄압하는 '평범한 이웃들'을 목격했을 때의 충격이 아직도 생생하기에 더욱 그렇다. 그럼에도 불구하고 나는 저 이유가 대략 76퍼센트의 인구에 한해서는 진실이라고 생각한다(어느 시점 어느 특정 정당의 지지율에 근거한 판단이다). 물론 냉담하고 잔혹했던 24퍼센트를 지우지는 못한다(역시, 어느 시점 어느 특정 정당의 지지율에 근거한다). 그렇지만 대부분의 인간들, 심지어 저 24퍼센트조차도, 기본적으로는 타인을 도우려는 본능을 갖고 있다고 나는 믿는다. 보험회사의 지급액에서 유추할 수 있듯이, 금전으로 환산하면 사람 목숨 값, 사실 생각만큼 엄청나지도 않다. 그러나 따지고 보면 그조차 이미 죽은 연후의 책정 아닌가. 아직 산 사람에 관한 한, 대부분의 사

람들은 그런 환산의 가능성을 떠올리는 것조차 천인공노할 패륜으로 여긴다.

그러므로 이것은 확실히 인간의 소용에 관한 이야기는 아니다. 우리는 '소용'으로 사람을 구하는 것이 아니기 때문이다. 와트니의 설명대로, 우리는 타인을 도우려는 본능 때문에 그들을 구한다. 그렇지만 의문이 말끔히 해소되는 것은 아니다. 그런 본능은 왜 작동하는 것이며, 일개 '본능' 주제에 어떻게 다른 고도의 합리적인 결정들을 초월할 수 있는 것일까. 계산상으로는 매몰비용으로 쳐 버리는 게 훨씬 나은 상황에서, 사람들이 만장일치로 인적·물적 투입의 감행을 결정하는 건 확실히 불가해해 보인다. 물론 냉혹한 현실에서는 얼마든지 다른 식으로 작동할 수 있지만, '판타지'가 허용되는 층위에서는, 그것이야말로 인간 본능이 선호하는 해법인 것이다. 와트니가 훈련기간을 회상하는 신(scene)에 작은 힌트가 있다.

이 훈련을 위해 우리는 무려 3일 동안 MAV 시뮬레이터에 갇혀 있었다. 원래 23분간 비행하도록 설계된 사승선 안에서 여섯 명이 3일을 버틴 것이다. 꽤 비좁았다. 여기서 '꽤 비좁았다'는 말은 '서로를 죽이고 싶었다'는 뜻이다.

그들과 다시 한 번 그 비좁은 캡슐 안에 갇힐 수만 있다면 무슨 짓이든 할 것 같다. 『마션』(일지기록 93 화성일째), 178쪽

서로를 죽이고 싶었던 순간조차 그리운 건 그 순간에 사람이

있었기 때문이다. 와트니가 촌스럽다고 끔찍해 하면서도 70년대 텔레비전 드라마 시리즈를 계속 돌려 보는 것도 같은 맥락이다. 그것은 지루한 시간을 죽이는 방편이기도 했지만, 외로운 화성살이에서 사람을 느낄 최선의 방법이기도 했다. 그러니까 다시 소용의 언어로 말하자면, 사람에게 있어 타인의 소용은 존재 그 자체에 있다. 살아 있어 줌, 그 자체가 소용이다. 그리하여 우리는 아주 먼 곳의 누군가, 이를테면 팔레스타인의 꼬마, 화재가 난 런던 빌딩의 할머니, 바다에서 행방불명된 선원들, 먼 적지에 남겨진 일개 새파란 일병과, 제 똥으로 감자나 키워 먹는 능청스럽고 경박한 화성의 미국인까지, 생면부지의 그들 모두가 살아 오기를 기도하며 종국에는 기묘한 인사를 위화감 없이 보내게 되는 것이다. "살아 돌아와 줘서 고마워."

☆ ·······························

ps. 영화와는 또 다른 매력의 이 유쾌한 소설이 가진 묘미는, 마치 넓게 펼쳐진 사분면 위를 돌아다니며 난이도가 중구난방인 퀘스트를 수행해 나가는 것과 같은 재미입니다. 아주 지능적이고 이공계스러운 버전의 방 탈출 게임이랄까요. 와트니에게는 계속해서 해결해야 할 과제가 주어지고, 하나하나가 절체절명의 중요성을 갖습니다. 지극히 한정적인 자원, 제약이 많은 환경에서 가장 효과적인 도구는 다름 아닌 그의 머리죠. 화학, 식물학, 기계공학, 프로그래밍 기술과 상식적인 레벨의 식품영양

학까지, 그가 다루는 지식은 아주 광범위하지만 대개가 비교적 기초적인 수준입니다. 이를 적재적소에 활용해 하나하나의 퀘스트를 돌파해 나가는 그의 문제해결능력은 옛날 미드 속 임기응변의 달인 맥가이버가 울고 갈 정도예요. 이를테면 일반적인 소설에서라면 주인공이 물을 구하기 위해 먼 데 떨어져 있는 보급품이라도 찾으러 길을 떠났을 순간에, 와트니는 물의 분자식을 떠올리고 기지에 머물며 뚝딱뚝딱 산소와 수소를 결합해 물을 '만들어' 내는 식이죠. 그런 면에서, 저는 이 소설의 어떤 대목들은 아주 미시적인 재고관리에 관한 지침서로 읽기도 했습니다. 가진 것을 어떤 수준의 세부까지 파악할지 판단하라. 막막할 땐 가만히 해상도를 높여라! 그러니까, 가진 게 별로 없을 것 같은 상황이라도, 엄밀하게 따져 들어가 보면 별 걸 다 보유할 확장성을 발견할 수 있다는 통찰을 얻었다고 한다면, 글쎄, 너무 자기계발스러운 독법인가요? :-P

마지막 한 걸음의
동력

중력은 지구의 6분의 1. 크기는 지구의 49분의 1. 한 바퀴 자전하는 데 걸리는 시간 29.5일. 볕을 받아 지글지글 끓어오르는 15일간의 길고 뜨거운 낮이 지나면, 혹독히 추운 14일간의 긴긴 밤이 시작되는 곳.

대기가 없어 아무런 침식도 풍화도 일어나지 않는 땅. 누군가는 그 표면에서 사람의 얼굴을, 누군가는 방아 찧는 토끼 한 마리를 보지만, 그 모두가 사실은 45억 년 무수한 운석 충돌의 역사가 차곡차곡 성실하게 기록된 흔적인 곳.

지구의 위성이라지만, 큰 질량비 때문에 차라리 형제 행성이라 보아도 무방한 지경인 곳. 여기로부터 대략 38만 4,400킬로미터 너머에 있는 곳. 어쩌면 닮았지만, 아주 작은 변수에도 취약한 인간 같은 생물에게는, 생존 가능성이 0에 수렴하는 곳.

"거대한 폐허."

불시착한 우주선에서 홀로 살아남은 주인공 트리시가 주변을 둘러보고 중얼거렸던 말이다. 달은 그렇게, 절망의 감각 외 어떤 것도 일깨우기 힘든 무채색 황량함이 끝없이 펼쳐진 곳이었다.

☆

단편소설 「태양 아래 걷다」의 핵심 아이디어는 간단하다. 태양광으로 생명유지기능이 작동하는 우주복이 있다면, 달에서 조난당한 사람은 어떻게 생존할 수 있을까? 식량은 충분하다. 태양광이 있는 한, 물도, 산소도, 온도조절도 걱정할 필요가 없다. 그렇다면 답은 태양광을 잃지 말아야 한다는 것, 언제나 해 아래 있어야 한다는 것일 터.

구조대는 한 달 후에나 도착한다. 해는 계속해서 서쪽으로 지고 있다. 불시착 시점으로부터 사흘 뒤에는 지평선 너머로 꼴딱 넘어갈 참이다. 그 뒤로는 긴 밤이 시작될 것이다. 문학적인 장치나 은유라고 말하기도 민망할 정도로, 여기서의 구도는 너무나 노골적이다. 문자 그대로 생명의 원천인 태양은 뉘엿뉘엿 저물어 간다. 태양이 부재하는 밤에는 생명유지장치가 작동할 수 없다. 즉 죽음은 쉼 없이 생을 뒤쫓고 있다. 주인공이 살아남기 위해서는 태양이 비추는 생의 영토 안으로 산 몸을 끊임없이 다시 옮겨 넣어야 한다.

주인공 트리시는 상황을 명료하게 판단하고 즉각 실행에 들어

간다. 태양을 따라 걷기로 한 것이다. 서쪽을 향해, 태양과 보조를 맞추며, 달의 자전주기 한 바퀴 동안 내내. '밤'에 따라잡히지 않으면서, 구조대가 올 때까지 살아남아, 한 달 후 조난지점에서 조우할 수 있기 위한 기나긴 마라톤의 시작이다.

지구에서 우주복을 만들 때에는 아마도 수백 가지 경우의 수를 고려할 것이다. 하지만 제작자들이 상상해 본 갖가지 돌발 변수들 가운데 수천 킬로미터 장거리 마라톤이 포함되지 않았을 건 자명한 일이다. 중력이 6분의 1인 달의 환경은 걷거나 뛰기 지구보다 쉬운 곳이긴 하지만, 설령 먼 훗날 언젠가 월면 마라톤 대회가 열리는 날이 온다고 해도, 커다랗고 넓적한 태양광판이 등뒤에 날개 모양으로 접붙은 미쉐린 타이어맨 모양의 우주복 수트가 지정 복장으로 선보일 일은 없을 것 같다. 그렇다. 월면의 미개척지는 마라톤에 적합한 곳이 아닐뿐더러, 우주복은 장거리 달리기/걷기에 알맞은 복장이 결코 아닌 것이다(그럼에도 불구하고, 나는 트리시 이전에 이미 우주복 차림으로 달 위에서 피치 못할 마라톤을 해야 했던 다른 사람들을 또 알고 있다. 하인라인의 1948년작『우주복 있음, 출장 가능』의 두 주인공, 킵과 피위는 악당들로부터 도망쳐 나와 달 기지까지 66킬로미터 거리를 어기적대는 불편한 우주복 차림으로 자박자박 힘겹게 걸어갔었다).

걷기 ── A 지점으로터 B 지점으로, 지면을 딛는 두 다리의 반동을 번갈아 이용하면서 오롯이 혼자의 힘으로 스스로의 몸뚱이를 옮겨 놓는 활동. 이 행위는 언제나 나를 매료시킨다. 내가 끝내 극복하지 못한 어린 날의 착각 중 하나가, 걷기가 신비롭고 경이로운 '현상'이라는 믿음이다. 한 다리에서 다른 다리로 체중을 옮겨 디디는 걸 한없이 반복하기만 하면 다른 시간, 다른 장소에 가닿아 있을 수 있다니, 이야말로 마법 같은 일이 아닌가! 우리 우주의 물리법칙과 우리 신체의 메커니즘상 너무나 자연스러운 귀결이라는 걸 알지만, 지금도 문득문득 그게 정말 그렇게 당연한 일인가 의아해진다. ('걷기라는 건 슬로우모션으로 돌린 축지법이잖아?') 다른 층위에서 보면, 딱 보폭만큼, 딱 걸음 수만큼, 딱 내가 낸 속도만큼만, 정직하게 성과가 나는 것도 재미있는 점이다. 꼼수도 잔꾀도 통하지 않는다. 백 번 천 번을 물어도 그저, 1 더하기 1은 2인뎁쇼, 라고 대답하는 돌쇠처럼 아주 본질적으로 우직한, 땅과 나 사이의 일대일 상호작용.

이 소설 속 트리시의 기나긴 여정은 치열한 과학 질의응답의 소설적 해제에 가깝다. 그러나 인물의 절박함이 '걷기'라는 신체활동 안으로 응축되는 게 걷기 애호자의 시선을 사로잡는다. 이제 이 이야기에서, 걷기는 트리시를 삶 속으로 반복해 재배치하는 행위다. 발을 내디딜 때마다 반발력으로 그 몸을 추동시켜 주는 땅은 세계를 상징한다고 보아도 무방하지 않을까. 입을 벌리고 밀려오는 죽음으로부터, 성큼 성큼, 한 번에 한 걸음씩, 멀리, 또 멀리 들어가게 재우치는 세상과의 관계맺음. 하지만 그 행군의 고통과 피로가 견디기 힘든 지경에 이르렀을 때, 육체적 한계가 그를 고꾸라뜨렸을 때, 그냥 다 놓고 싶을 때마다 일어나라고, 정신 차리라고, 죽음에 따라잡히지 말라고 달래고 닦달하며 한 걸음이라도 더 전진하게 했던 건, 환각으로 나타난 그녀의 죽은 언니였다.

★

「태양 아래 걷다」의 작가 제프리 A. 랜디스는 실제 나사(NASA)에서 일하는 우주과학자로, 엄밀한 과학 지식을 토대로 하는 하드SF를 쓴다. 이 작품에 주어진 모든 조건과 설정들은 철저히 사실에 입각해 있고, 태양 아래 있기 위해 끝없이 걷는다는 설정 또한 불가능한 것이 아닐 것이다. 나는 작가의 과학자로서의 성실성을 믿고, 논리와 이론으로 완벽하게 추론하고 계산해 낸 과학적 기반 위에 이 소설이 구축되었다고 믿는다. 사실, 그런 믿음이 없이 책장을 제대로 넘기기는 어려운 일이다. "달의 중력이 지구 중력의 6분의 1인 거 맞아?", "달 자전 주기가 29.5일인 거 맞아?", "밤이 14일이나 되는 거 맞아?"… 이런 식이어서야 순조로운 독서가 불가능할 테니까. 바로 그렇기 때문에, 이 '언니 유령'의 출현은 생뚱맞다기보다 뭉클한 울림을 만들어 내는 것이다. 최후의 최후까지 사람을 움직이게 하는 건 결국 사람과 사람 사이의 관계라는 사실을, 엄정한 하드SF의 견지에서 인가받은 기분이 들기 때문이다. 그 '사람'이 설령 피와 살로 이루어진 실체를 이미 잃었고, 혼자만의 환각 속에 떠오른 관념에 지나지 않았을지라도.

☆ ∙∙

ps. 이 단편을 다시 읽은 다음 날, 긴 산책을 나갔습니다. 산등성이를 오르내리는 둘레길을 따라 오래도록 걸었어요. 물론 미개척의 월면보행에 비할 수는 없을 테지만, 이른 오전의 산길은 거칠고 적막하고 외로웠습니다. 규칙적으로 걸음을 옮기며, 산책 후 해야 할 일들을 머릿속으로 정리했어요. 세상과 맺은 관계들, 사람들과 맺은 관계들, 우리가 주고 받은 수많은 책임들이 두서없이 머릿속을 오가는 가운데, 내 생의 힘든 고비들에서 나를 붙들어매 주었던 것도 결국은 사람들이었다는 자각이 마음을 애틋하게 물들였습니다. 타자란 얼마나, 빚이면서 동시에 선물이 되는 존재들인가요. 저는 어느 수풀가에선가 걸음을 멈추고 운동화 끈을 단단히 다시 묶었습니다. 갈 길이 멀지만 마음은 가뿐해져서 생각했어요. 그래, 최소한, 어기적대는 우주복에 딱딱한 부츠 차림이 아니라서 정말 다행이야.

이불 속 하이킥을
덜 하는 방법

이불 속 하이킥. 가만히 이불을 뒤집어쓰고 있다가 느닷없이 허공을 향해 발길질을 하는 행위이다. 대개는 처절한 후회, 자책, 수치심 등에 휩싸여 무의미한 동작이나 발성을 폭발시키는 걸 폭넓게 아우른다. 일견 갑작스러워 보이지만 전조증상으로 골똘하거나 멍하거나 수심 가득한 표정이 있다. 중요한 전제는 한참 앞서는 타임라인에, 반드시 씨앗이 되는 사건이 존재해야 한다는 점이다. 그러니까 이불 속 하이킥은 과거에 몸소 겪었던 사건을 기억으로부터 길어 올려, 당시에 취했던 자신의 행동이나 언사를 제3자적 시점에서 '객관적으로' 냉정하게 평가한 뒤, 다시 시점을 본인으로 되돌려 통렬히 반성하는 기작의 결과물이다. 이 평가 단계의 객관성이라는 게 참 기만적인데, 스스로는 객관적이라고 믿고 있지만 십중팔구는 자기에게 불리한 방향으로 편파적이기 때문이다. 기질적으로 부끄러움을 잘 느끼는 사람은 자기 객관화와 가혹한 자책을 혼동하는 경향이 있다.

그래서 그가 마음속으로 설정하는 '제3자'는 어떤 바보짓도 사랑해 주던 조부모나 수줍게 생일초대장을 건네며 얼굴을 붉히던 초등학교 때 짝꿍이 아니라, 가자미 눈을 하고 못살게 굴던 직장 선배나 고등학교 때 나만 유난히 미워하던 학년주임 같은 인물이다. 이런 식으로 표방된 '객관성' 속에서는 실수의 기억이 백 배 천 배로 불리하게 왜곡되기 마련이다.

이불 속 하이킥은 나의 전매특허다. '골똘히 생각에 잠겼다가 괴성 질러 주변 사람들 놀래키기' 종목이 있다면 세계 챔피언쯤 너끈하지 않을까. 최근 저지른 실수를 생각하며 괴로워하는 건 차라리 아무 일도 아니다. 나는 아홉 살 때 있었던 일로 서른 살의 어느 여름밤 갑자기 이불 속 하이킥을 하는 사람이다. 그걸로 끝이면 다행이게. 두어 달 지나 알밤 익는 가을밤에 한 번 또 하이킥을 해줘야 하는 것이다. 다음 해 여름, 모기가 윙윙거리는 밤에 다시 한 번 더.

이불 속에서 하이킥 하게 만드는 일들은 대개가 애매하게 사소하다. 바로 그 사소함이 원흉이다. 구태여 사과를 하거나 해명을 청할 수준이 아니기 때문에, 오히려 찜찜함을 깔끔히 해소하기가 힘들다. 그게 다시 악순환을 일으킨다. 두고두고 주기적으로 하이킥을 하고, 그렇게 쪼잔한 일로 하이킥을 하는 내가 부끄러워서 또 하이킥을 한다. 이 무슨 바보스런 뫼비우스의 띠란 말인가.

이 무한반복의 궤도를 돌다돌다 지쳐, 끝내 내가 원망하게 되는 것은 인간의 개체성이었다. 개체가 아니었다면. 자아가 이렇게 독립되어 있는 게 아니었다면. 모든 게 서로 투명했더라면. 타자와 나의 의식이 그냥 뒤섞여 있었더라면.

한마디로, 남과 나를 구분짓는 자의식 따위 아예 처음부터 없었더라면.

그랬다. 나는 자의식이 지겨웠다. 그 알량한 것이 초래하는 온갖 에너지 소모가 그렇게 성가실 수가 없었다. 존재 자체가 부담스러운데, 그게 비대하기까지 하면, 하이킥의 무한급수가 밤마다 펼쳐지는 사태가 일어나는 것이다. 자의식이 저주스러울 때 나는 다른 형태의 삶을 상상했다. 하나의 정신을 공유하는 거대한 군체생물의 부속지로 존재하면 어떨까? 각자 따로 움직이고 따로 반응하지만, 정신 한쪽이 항상 이어져 있어 단독자로서의 부끄러움이나 허영이나 고독 따위는 느끼지 않을 수 있는 상태 말이다. 개미 같기도 하고, 산호 같기도 하고, 불가사리의 한쪽 발 같기도 한 그런 것. 면도칼로 가운데에 칼집을 내서 돋아나게 한 플라나리아의 두번째 머리 같은 것. 아마도, 중앙 뇌의 지령 아래 있지만 독자적인 보조 뇌도 자그마하게 달려 있는 위장이나 심장으로 사는 것.

꿈꾸기는 했지만, 한없이 막연했던 게 사실이다. 어떤 기분일까──개체성보다 집단성이 더 자연스러운 존재가 된다는 건. 그러면서도 동시에 인간이라는 건? 내게 힌트를 던져준 SF 소설이 두 편 있다.

☆

　　　　　소설『노래하는 새들도 지금은 사라지고』
에서 저자 케이트 윌헬름은 개인성보다 집단성을 우선시하게 된 미
래 인류를 시적으로 그려 냈다. 문명이 멸망한 이후 살아남은 한 줌
의 인류는 클론 복제와 집단 양육 시스템을 통해 가까스로 존속할
수 있었고, 이 특수한 여건은 미래 인류집단에 고도의 공통감각을
발달시켰다. 개인성을 만악의 근원으로 간주하며 사회적 동일성을
강박적으로 지켜내던 그들은 결국 자멸하고 만다. 차이와 다양성이
억제되는 사회에서는 아무도 예술을 이해하거나 창조하지 못했고,
학문 또한 어떤 식으로든 발전시킬 수 없었던 것이다. 내가 비록 개
체성에 넌더리를 내며 자의식을 저주할지언정, 그들처럼 되고 싶은
건 또 결코 아니었다.

　　존 스칼지의 장편 밀리터리 SF『노인의 전쟁』시리즈 2편,『유
령여단』에는 더 극단적인 존재가 등장한다. 오빈이라는 이름의 이
이계부족은 문명은 있으나 개체 자의식은 없는 독특한 존재다.

　　　"오빈은 거짓말을 못해. 자기네 사회 구조 안에서 완벽하게 상호 협
　　　동해. 도전이나 논쟁은 규정된 태도로 처리해. 누굴 모함하지도 않
　　　아. 완벽하게 도덕적이야. 그들의 도덕은 절대적으로 변경할 수 없
　　　게 박혀 있거든. 허영도, 야심도 없어."

　　소설 속 빌런인 샤를 부탱은 오빈의 이런 특성이야말로 완벽한

것이라고 칭송하지만, 주인공 재러드 디랙의 생각은 다르다. 그가 보기에 개체 간 차이의 부재는 완벽이 아니라 오히려 재앙이고 또 저주다. 그는 『노래하는 새들도 지금은 사라지고』가 그려 낸 바로 그 지점, 획일성이 초래하는 쇠퇴와 파국을 정확히 예견하고 있었던 것이다. 이걸 꿰뚫어 보는 사람이 디랙이라는 점이 또 의미심장하다. 그는 개체성이라는 측면에서 기존의 인류와 오빈 둘 다와 또 다른 특별한 지점을 점유한 인물이기 때문이다.

디랙은 우주개척연맹이 군사적인 목적으로 만들어 내는 특수부대의 일원, 그러니까 일종의 인조인간이다. 이 특수부대원들은 유전자 복제와 개량, 고속 배양을 통해 완벽한 성인의 몸으로 세상에 태어난다. 그들의 가장 특별한 점은 서로간의 의식 공유다. 태어나기도 전에 미리 뇌에 기술적인 처리가 되어, 서로간에 실시간 뇌파로 통신할 수가 있는 것이다. 그러니까 디랙은 타인의 유전자와 뇌를 복제한 결과물이라는 측면에서 독립적인 개체성이 허물어지고, 남들과 뇌파를 공유한다는 측면에서 집단성에 더 가까워진 제3의 존재 유형인 셈이다.

뇌파 교신을 통한 집단적인 감각과 사고의 공유는 어쩌면 내가 이불 속 하이킥에 신물이 났을 때 꿈꾸었던 바로 그것일지도 모른다. 내가 본 것, 내가 느낀 것, 내 헛점투성이 의식의 흐름을 모두가 함께 감각해 이해한다면, 서로간에 진의를 오해하거나 빈축을 살 일도 생기지 않을 것 아닌가. 그러나 소설을 읽는 동안 나는 천천히 깨달았던 것이다. 이 가상의 이야기 안에서조차 집단감각의 공유가 전 인류 레벨로 확장되지 않았다는 사실을. 일견 이렇게 편리하고 완벽해 보이는 통신기술을 개발해 놓고도, 그 사용은 오로지 생사의 고비를 넘나들며 동고동락하는 소대 단위로만 한정되고 있었다. 즉, 가능할 때조차, 우리는 자의식의 경계를 낮추기는 할지언정 결코 완전히 허물어뜨리진 않는다. 생각의 공유는 사랑하고 믿음이 가는 사람들의 테두리 안에서 머문다. 생각해 보면 그게 당연하다. 이를테면 전쟁터에서, 이익도 목적도 합치하지 않는 제3자들과 속내를 나누는 건 얼마나 멍청한 자폭이 되겠는가.

좋다. 광역으로 감각을 공유해서는 좋을 일보다는 탈날 일이 더 많다는 걸 인정하자. 다만 어차피 자의식의 담이 견고하고, 우리는 각자 그 안에 도사리고 있어야 할 운명이라면, 그 담의 경계를 살짝 넓히고, 넓어진 경계 안에서나마 조금 더 너그러워져도 좋을 것 같다. 내 인생의 작은 서클, 나의 특수부대원들, 최대한 공감하며 좋게 해석해 줄 친절한 얼굴들을 마음에 저장하는 게 중요한 건 그래서다.

내가 이불 속 하이킥을 좀 덜 하게 된 것은, 내 과거의 멍청한 행적을 평가하는 가상의 '제3자'를 내게 호의적인 얼굴들로 상상하기 시작하면서부터였다. 이를테면 "초등학교 3학년 때 서예학원 선생님 얼굴에 콧수염을 그리겠다고 쫓아다니다가 제풀에 울고 나왔어요"라고 고백했을 때 최대한 가볍게 받아줄 사람의 얼굴, 그러니까 다정한 할머니나, 사려 깊은 작은 이모나, 쾌활하고 다정한 단짝친구의 얼굴 말이다.

"콩알만 한 꼬마애가 붓 들고 뛰어다닌 게 귀여우면 귀여웠지 뭐 그리 대단히 흉잡힐 일이었겠니."

"그만할 땐 좀 엉뚱해야 좋은 거다."

"야, 아홉 살짜리가 장난친 걸 10년 넘도록 나쁘게 기억할 사람이 어딨냐?"

할머니, 이모, 친구라면 이렇게 말했을 것 같은 것이다. 그리고 그런 말을 들은 나는 부끄러움을 훌훌 털어 낼 수 있었을 테지.

매번 내 옷차림만 트집 잡던 학생주임, 팔짱 끼고 입가를 비스듬히 치켜올리며 삐딱하게 지켜보던 사회초년병 시절의 김대리 선배를 머리에서 지워야 한다. 나의 특수부대원들로 그 얼굴을 대체해야 한다. 뻔뻔한 사람들에게 필요한 방책은 아닐 테지만, 세상만사 부끄러울 일투성이라 이불 속 하이킥에 도가 튼 사람들에게는 유용할 정신승리의 묘법이다.

☆ ⋯⋯⋯⋯⋯⋯⋯⋯⋯⋯⋯

ps. 개체 간 차이가 없는 문명의 한계를 실감하고 무력으로써 해결책을 강구하게 된 『유령여단』 속 오딘 종족, 차이를 억압한 끝에 멸망해 버린 『노래하는 새들도 지금은 사라지고』 속 미래인류만 봐도 알 수 있듯이, 인류 문명의 존속에는 서로간의 차이가 필수적입니다. 이불 속 하이킥이 싫긴 해도, 그것 때문에 문명을 통째로 포기할 순 없는 일이잖아요.

사람들 사이의 차이가 엇박과 오해와 호오(… 그리고 하이킥)를 낳는 건 사실이지만, 사랑과 매혹과 발전이 배태되는 결정적인 포인트이기도 하죠. 그렇게 보면 이불 속 하이킥은 아주 작은 부작용일 뿐이고요. 그쪽팔림의 아픔을 줄이는 게 우리의 최선이니, 저부터가 가까운 사람들에게 기꺼이 특수부대원이 되어 주도록 노력해야겠습니다.

　『유령여단』은 존 스칼지의 『노인의 전쟁』 시리즈의 2권으로, 이 시리즈에서 제가 가장 좋아하는 책이에요. 『노인의 전쟁』 시리즈는 총 3권의 본편과 1권의 외전으로 이루어져 있습니다.

조 월튼
『타인들 속에서』
☆

마음의 빈 곳을
채우는 것들

사람의 아이는 어떻게 성장할까. 먹여 주고 입혀 주고 재워 주기 이상의 수고가 부모의 몫으로 돌아가지만, 한 사람의 성장은 그밖에도 많은 것에 빚을 지게 마련이다. 지금의 내가 되기 위해 삶 속으로 받아들이고 빨아들인 것을 도저히 다 헤아릴 수가 없다. 그중에는 사람도 있고, 시간과 공간, 경험도 있다. 친구들, 친척들, 선생님들과 이웃들. 이사 다닌 집들과, 놀이터와, 골목골목의 풍경들. 엄마를 졸라 받던 용돈, 그 용돈과 교환된 과자와 떡볶이, 트램펄린과 뽑기와 구슬 같은 것들.

그리고 책이 있었다. 주변을 통해서는 배울 수 없을 것들이 그 안에 가득했다. 내 것이 아닌 사람들이, 내 것이 아닌 곳에서, 내 것이 아닌 시간 속에, 내 것이 아닌 사건들을 무궁무진하게 펼쳐 냈다.

책을 읽는다는 건 내게 속하지 않는 것들을 내 것으로 만드는 일이었다. 문자를 눈으로 좇을 뿐인데, 그 감각과 경험들이 오롯이 내게로 빨려들어 온다. 그런 게 마법이 아니면 무엇이 마법이겠는가?

독서에는 본질적인 모순이 배태되어 있다. 현실에서 나는 이불 밑에 작게 웅크리지만, 그러고 읽는 책을 통해 종횡무진 세계를 누비고 다닌다. 나는 잠수를 타지만, 그 시간 동안 품안의 책이 안겨 주는 건 비상과 활강과 매력적인 인간들을 만나는 기쁨이다. 나는 순전한 유희로써 책을 읽었지만, 그것은 언제나 참을성 있는 선생처럼 나를 가르쳤다. 과학을, 언어를, 예의범절을, 인간관계의 미묘하고 복잡다단한 역학들을.

그중 최고는 SF였다. 이 장르의 소설들은 우리 세계의 상식적인 사실들을 한 조각도 당연히 여기게 내버려 두지 않는다. 산소, 물, 하나의 태양과 인간의 인간 됨과 두 다리의 보행과 공룡의 멸종에 이르기까지, 그 세계에서 도전받지 않을 진실이란 하나도 없었다. 모든 당연한 것들이 새삼스러운 물음표 앞에 벌거벗겨지고, 제약을 벗어난 상상력은 뜻밖의 방향으로 치달아간다. 열다섯 혹은 열일곱, 학교와 집 사이를 오가지만 결국은 이쪽 책상에서 저쪽 책상으로 옮겨 다니는 게 운신의 최대 범위였던 암울한 시절, 이 자유분방하고 발칙한 세계에 매혹되지 않기란 불가능한 일이었다.

『타인들 속에서』의 주인공 모리도 역시 그랬다.

☆

1979년 현재, 영국의 기숙학교 알링허스트로 학기 중간에 전학해 들어온 열다섯 살짜리 웨일스 소녀에게 세상은 친절한 곳이 아니다. 낯선 동네, 낯선 학교, 심술궂고 적대적인 급우들만으로도 충분히 힘든데, 방학 때 돌아갈 집조차 더 이상 '내 집'이 아니다. 모리는 가족을 잃었기 때문이다. 1년 전 큰 교통사고로 일란성 쌍둥이 자매 모르(모르가나의 애칭)를 잃었고, 평생 고통스러울 다리 부상을 입었다. 그 상황에서 태어나 한 번도 만나 본 적 없었던 아버지 다니엘에게 보내지게 되었다. 모리를 이 기숙학교로 보낸 것도 아버지와 세 고모였다. 방학이 되어 돌아갈 집은 이제 그리운 옛집이 아니라, 서먹서먹한 아버지와 고모들이 사는 낯선 저택이다.

모리의 엄마는 사악한 마녀다. 세상 어느 누구도 그 사실을 모른다. 아버지는 물론 외가식구들조차도. 그 비밀을 아는 건 모리 자매뿐이다. 모리의 세상을 뒤바꿔 놓은 일 년 전 그 교통사고도, 자매가 엄마의 못된 마법을 막으려고 애쓰다가 벌어진 일이었다.

터전이 바뀌고, 또래들과 사귀거나 반목하고, 새로운 집단에 자기 자리를 만들기 위해 고군분투하는 것. 간섭하고 가로막는 '마녀' 어머니를 경계하고, 서먹한 아버지와 데면데면한 관계를 이어 나가며, 마음대로 되지 않는 제 우스꽝스런 신체에 적응해 가는 것. 좌절의 한복판에서도 유년의 꿈으로부터 희망을 펌프질해 올리는 것. 모리의 특수한 사정을 조금만 일반적인 어휘로 풀면, 갑자기 어딘가 낯익어진다. 이것은 동서고금을 막론한 청소년기의 초상이기 때문이다. 나의 중고등학교 시절도 그럭저럭 비슷했다. 1979년 영국을 배경으로 각색하면 딱 이 비슷한 그림이 나올 것이다.

내 학창시절의 또래집단도 알링허스트 기숙학교의 아이들과 크게 다르지 않았다. 이 세상 어딘들 다를 수 있을까. 영악한 청소년들은 계산적인 얼굴로 속물근성을, 야만적인 얼굴로 잔인성을 불규칙하게 드러내곤 한다. 엄마가 마녀라는 이야기도 그렇다. 안 그런 엄마들도 많겠지만 또 그 얼마나 많은 엄마들이 '마녀'같이 구는가? 걷잡을 수 없이 타오르는 격정 ——사랑이건 분노건, 신분세습의 야망이건 간에 ——으로 자녀들의 무력한 영혼을 휩쓸어 버리는 엄마들. 조종하고 억압하는 그 철벽 같은 존재 앞에서 좌절한 청소년 자녀가 그 얼굴에 '마녀'의 이미지를 덧씌우기는 드문 일이 아니다.

십대 후반, 이제 더 이상 아이가 아니지만 그렇다고 어른도 아닌 나이. 유년의 자아를 죽은 쌍둥이라도 되는 양 힘들게 뒤로 남기고, 성인으로의 발돋움을 준비해야 하는 나이. 모리의 모든 이야기가 내 청소년기에 관한 웅변적인 우화로 다가오는 가운데, 이제까지의 동질감에 쐐기라도 박을 기세로 SF라는 테마가 소설 속에 등장한다. 사찰당한 기분이 들 수밖에 없다.

진지하고 우울한 소녀 모리에게 SF는 유일한 숨구멍, 매달려 쉴 수 있는 단 하나의 구명줄이다. 순수한 자유시간은 물론, 짜낼 수 있는 모든 막간의 막간을 통틀어 모리는 탐욕스럽게 SF 작품들을 읽어 치운다. 주변 사람 누구도 이해해 주지 않는 장르에 대한 외로운 열의, 홀로 사랑해 온 수많은 작가들의 이름, 탐닉하는 작품에 대한 진지하고 열정적인 논평이 모리의 목소리로 흘러나올 때, 자, 대한민국 어느 SF 팬이 영혼에 튀는 스파크를 느끼지 않을 수 있을까.

끊임없이 SF에 관해 말하고는 있어도 엄밀히 이 작품이 SF인 건 아니다. 이 이야기에서 변화를 만들어 내는 건 과학이 아닌 마법이고, 숲속에서 조우하는 건 화성인이 아니라 요정이고, 우주선이 멋지게 웜홀로 이동하는 대신 망자들이 숲속으로 음울하게 행진한다. 말하고 있는 것과 진짜 일어나는 일이 별개인 셈이다. 그것은 모리에 있어서도 마찬가지다. 이 아이는 끊임없이 구원처로서의 책에 관해 말하고는 있지만, 현실에서 결정적으로 의지처가 되어 주는 것은 사람들, 그러니까 '타인들'이다.

SF가 모리가 일상을 견디게 해주는 중요한 버팀목이었던 것은 사실이다. 하지만 이 내용을 가만히 들여다보면, 길목들마다 발 디딜 만한 지반을 내밀어 준 건 사실 책 자체보다는 책을 통해 연결된 사람들이었다. 성큼성큼 다가왔건 가볍게 스쳐 지나가기만 했건, 무심히 호의를 베풀어 주던 사람들 말이다. 학교 도서관의 사서 선생님, 서툴지만 최선을 다하는 아버지, 독서모임에서 알게 된 여러 선량한 사람들은 중요하게 다루어지지 않지만, 그들이 건넨 사소한 호의는 모두 사심 없이 따뜻했다. 모리는 책 이야기만 주구장창 하지만, 이제 나는 그 책을 매개로 연결된 사람들의 그물망을 본다. 깊은 유대감 따위 없는 서먹한 '타인들'이 자아낸 뭉클한 온기의 거미줄이 내 주변으로도 느슨히 둘러쳐져 있었음을 이토록 오랜 세월이 지나 깨닫는다. 청소년기의 우울한 길목에서 나를 끌어 주거나, 잠깐씩 버티도록 다독여 주거나, 더 나은 쪽으로 방향 틀게 슬쩍 밀어 주던 사람들이 있었다. 너무 사소해 잊고 지냈던 작은 기억들이 벼룩처럼 튀어 오른다. 건네는 쪽한테도 사소했고, 받는 쪽한테도 별거 아니었던 작고 가벼운 호의들. 그 작은 친절의 기억들을 점점이 잇자, 그것은 대단한 대교들 사이를 잇는 소담한 징검다리처럼 소중해졌다.

아이 하나를 키우는 데 한 마을이 필요하다는 통찰은 과장이 아니다. 성인의 문턱, 자비 없는 정글 같은 청소년기에도 그렇다. 죽은 쌍둥이 자매의 기억, 마녀 엄마의 사악한 저주, 오래된 공장터의 을씨년스러움, 커피 맛이 형편없는 카페가 모리의 성장에 한몫했던 만큼이나, 어딘가에서는 대학수학능력시험, 수학 교과서의 집합 챕터, 돈까스 급식, 점심시간 벨소리가 아이를 성장시킬 것이다. 그리고 그 사이사이의 빈틈들을, 따뜻이 다가와 주었다가 사라진 수많은 이름 없는 얼굴들이 채워 준다. 찬찬히 돌이켜 기억해 낼수록, 생이 좀 더 따뜻하고 촘촘해진 기분이 든다.

내가 힘들게 발돋움하던 일상의 고군분투 속에, 뒤꿈치 아래 쏙 디딤돌을 밀어넣어 주던 친절한 사람들이 있었다. 무덤덤히, 도움을 건네고도 내색하지 않던 사람들. 이름은 지워진 채 미소로만 남은 사람들. 모리가 엄정한 SF에 열광하면서도, 세상이 마법으로 이루어져 있음을 의심하지 않은 이유를 알 것 같다. 사람이 사람에게 건네는 조건 없는 호의야말로 우리 삶에 상존하는 강력한 마법일지 모른다.

☆ ⋯⋯⋯⋯⋯⋯⋯⋯⋯⋯⋯

ps. 어째서인지 굉장히 우울하고 슬프고 비참한 기분이었던 어느 겨울 날, 길에서 호객하던 군밤장수 아주머니가 쓱 쥐어 주던 군밤의 온기가 생각나요.

"안 사도 괜찮아요. 추운데 하나 먹어요. 따뜻해."

순간 눈물이 핑 돌아 시야가 온통 엉망이 되었어요. 단단하게 물화된 호의를 건네받아 손 안에 확실히 쥔 느낌이었습니다. 기분이 훨씬 나아졌지요. 그분은 꿈에도 모르실 테고 그런 걸 의도하신 것도 아니었겠지만, 그게 상술이고 아니고가 무슨 상관인가요, 내 마음이 그렇게 위로받았는데.

마음의 빈 곳을 채워 주던 그 사소한 호의들의 효과를 생각하면, 일상에서 조금이라도 더 친절한 사람이 되려고 노력하는 게 가치 있는 일이라는 생각이 들어요. 제가 천성이 그렇게 격의 없이 상냥해질 수 있는 인간은 아니지만, 친절하게 대하는 건 또 다른 문제니까요. 하다못해 '츤데레'라는 말도 있잖아요. 해보려고 마음만 먹는다면, 취할 수 있는 스펙트럼이야 무궁무진하다는 생각이 듭니다.

5부

차이를 넘어
어울려 살기

진짜의
시선

시선에 대해 생각한다. 어머니가 아이에게 보내는 따뜻한 시선, 길가에 카악 침 뱉는 자를 흘겨보는 내 차가운 시선, 퇴근길 정체 속에 잽싸게 끼어들기 하는 얌체를 향한 고까운 시선, 그 얌체에 대항해 끈질기게 차선을 방어하는 앞 차를 향한 경탄의 시선. '눈으로만 보세요' 표지판이 붙은 마블 캐릭터 등신대 피규어를 향한 아이들의 간절한 시선, '덕질' 하는 연예인을 향한 우리들의 열망 어린 시선.

그리고, 또.

노숙자를 보는 냉랭한 시선, 퀴어퍼레이드를 향하는 혐오의 시선, 피부색 어두운 이주노동자들을 깔보는 시선, 장애인을 향한 공포의 시선, 외국인을 향한 배척의 시선. 종합하자면, 다른 사람들을 한층 깔아뭉개는 우월한 시선.

시선은 어떤 경우에도 위법은 아니다. 전 청와대 민정수석 우모 씨가 기자에게 레이저 시선을 쏘자 그 재수없음이 만고에 회자되었지만, 시선이 돼먹지 못하더라는 이유로 그를 기소할 수는 없었다. 그러나, 주목할 바는 바로 그 '회자되었음'이다. 불법도 위법도 아닌 사소한 신체의 운용이 아홉 시 뉴스의 한 꼭지를 차지할 수 있다는 사실은 무엇을 시사하는가. 우리는 시선이 권력을 담을 수 있음을 안다. TPO(시간Time, 장소Place, 경우Occasion)에 맞지 않는 시선을 보내거나 피하거나 맞받아 쏨으로써 위계를 전시할 수 있다는 사실을 안다. 별거 아닌 거 같지만, 별거라는 사실을 안다. '눈을 왜 그렇게 떠'라는 말이 포함된 어느 연예인들 간 사적 대화는 신문의 가십란을 통통하게 살찌워 주고, 길거리나 술집에서는 생판 모르는 사람들끼리 '뭘 꼬나봐?'라며 시비가 붙는다. 그럴 때 시선은 생업을 흔들고, 삶과 죽음을 가르는 문제로까지 비화된다.

그래서 나는 영화 「블레이드 러너」에서 안드로이드 로이 바티가 제 창조주를 대면하는 장면이 좋았다. 그는 제게 '사물'의 운명을 부여한 안드로이드 제조사 타이렐 사의 회장을 살해하는 데, 총을 쏘거나, 칼로 찌르거나, 완력으로 목을 부러뜨리는 방법을 택하지 않는다. 대신 두 손을 내밀어, 마주한 얼굴을 비통하게 어루만지다가, 천천히 두 눈을 짓이겨 버린다. 엄지손가락으로 그 오만한 눈알을 터뜨려 버릴 때, 그것은 단순한 복수를 넘어 세상을 향한 통렬한 시위가 된다. 인격과 자의식을 갖춘 한 존재를 어엿한 인간으로 대하지 않는 자, 그 방자한 시선을 영원히 거두라!

☆

「블레이드 러너」는, 익히 알려진 대로, 필
립 K. 딕의 SF 소설 『안드로이드는 전기양의 꿈을 꾸는가?』를 각색
한 영화다. 원작에서는 로이 바티가 타이렐 사의 회장을 만나지도
않지만, 영화의 저 장면은 소설을 읽는 내내 내가 느꼈던 문제의식
을 훌륭히 압축해 내고 있었다. 물론 이 소설은 문명과 인간성의 갈
등에 관한 작품일지도 모른다. 기계와 인간의 경계에 관한 질문일
수도 있다. 그러나 내게 이것은 부당하게 설정된 위계와 그릇된 시
선에 관한 이야기였다. 게으른 잣대에 의해 우열을 가름 당하고 비
뚤어진 시선 앞에 맨몸으로 선, 모든 억울한 '사람'들의 이야기이기
도 했다.

주인공인 릭 데카드는 안드로이드 현상금 사냥꾼이다. 인간 사
회로 숨어든 안드로이드들을 찾아내 '퇴역시키는' 일을 한다. 말이
좋아 퇴역이지, 안드로이드 입장에서야 무참한 도륙에 지나지 않는
다. 마주한 상대방의 눈을 물끄러미 들여다보며 정중한 대화를 나
누다가, 안드로이드임을 눈치채면 즉시 총을 쏘아 목숨을 끊어 놓
는 식이니 말이다. 얼핏 극악무도한 백정질 같지만, 실상은 고도의
전문성이 요구되는 작업이다. 안드로이드를 판별해 내는 것이 어렵
기 때문이다. 만약에 전문성이 없다면, 안드로이드라고 여겨 '퇴역'
시키고 보니 사람을 살해했다는 식의 불상사가 초래될 수도 있다.

이 시대의 안드로이드는 삐걱거리며 부자연스럽게 거동하는 프랑켄슈타인의 괴물이 아니다. 피가 흐르고 땀이 배어나고 알코올에 취하는 신체적 특성은 물론, 독자적인 사고능력과 희노애락의 풍부한 감정선, 살고자 하는 의지까지 보통 사람과 다를 바가 없는, 인조인간들이다. 인간 사회는 차갑게 '인조'에 방점을 찍지만, 안드로이드 스스로는 '인간'에 방점을 찍는다. 그리하여 차별적 처우에 반기를 들고 달아나 인간 사회로 숨어들어 인간들 틈에 섞여 살아가는 안드로이드는 커다란 사회문제로 대두된다.

안드로이드와 사람을 구분 짓는 기준은 단 하나, 공감능력이다. 공감능력은 안드로이드가 가지지 못하는 자질이다. 릭 데카드는 보이드-캄프 척도라는 도구를 써서 이를 확인한다. 볼에 전극을 붙이고 차근차근 질문을 던지며 동공의 확장, 기계 눈금의 미묘한 떨림을 복합적으로 해석하는 식이다. 지극히 주관적이고 오차가 많을 것 같은 검사법이지만 어쨌든, 릭 데카드의 판정은 언제나 확실하다. 그의 기계장치, 그의 시선 앞에 선 인조인간은 한순간에 사물로, 물건으로, 사냥감으로 전락한다. 사랑을 느끼고 공포에 질리고 남들처럼 성실히 세금 내며 이 사회의 일원으로 삶을 구가하고 싶어 하지만, 오직 공감능력이 보통 사람과 같지 않다는 이유로.

소설은 굉장히 재미있지만, 읽고 나면 마음에 침울함이 남는다. 릭 데카드 역시 줄거리상 악역인 여섯 대의 도망자 안드로이드를 모두 '퇴역'시키는 데 성공하지만, 회의와 허무에 사로잡혀 허덕인다. 그런 그를 바라보는 마음이 냉담하다. 내내 주인공을 응원하며 달려왔음에도 불구하고, 그의 자기혐오가 응당 치를 죗값으로 보이는 것이다. 꾸역꾸역 이 '해피엔딩'까지 온 건 진심으로는 동의할 수 없는 허약한 전제 위에서였다. 대체, 누가 악역이란 말인가. '공감능력'이라는 걸 진짜 인간의 조건으로 삼는다고? 장난해? 그건 터무니없이 취약한 기준이었다. 사람의 성격, 환경과 경험에 따라 얼마든지 격차가 생기는 덕목이라는 건 작중인물들조차 인정하는 부분이다. 이 소설의 도입부에는 주인공과 아내가 호르몬 조합 장치를 사용해 간단히 자기 기분을 조절하는 장면이 나온다. 기계를 사용해서 기분을 조작하는 행태는 과연 '진짜 인간'다운가? 자연스러운가? 오히려 그게 더 안드로이드적이지 않은가? '인조'적이지 않냐는 말이다. 그러니까 이 작품은 인간과 안드로이드의 경계를 이미 모호할 대로 모호하게 허물어뜨린 상태에서 이야기를 출발시키고, 그토록 얄팍한 한끝 차이로 타자를 학대하는 것의 꺼림칙함을 성공적으로 우리 마음에 안착시킨다. 그리고 그건 미래 세계의 안드로이드에만 국한할 이야기가 아니다.

　　　　　무해한 타자들을 향하는 배척의 시선에는 각자의 보이드-캄프 척도가 은밀하게 깃들어 있다. 소설 속에서 측량하는 것은 공감능력이었지만, 현실세계에서 그것은 피부색이거나, 장애의 유무거나, 타고난 성별이나 성적 지향 같은 것으로 그때그때 바뀐다. 그리고 그런 시선들은 릭 데카드가, 경찰서장이, 그 사회 보통의 인간들이 안드로이드를 쳐다보는 시선과 하등 다르지 않다. 그들은 눈으로 말하고 있는 것이다. '공감능력이 있는/피부색이 이런/장애가 없는/이성애자인/남성인/정규직인/부자인, 내가 진짜 궁극의 인간이고, 너는 아니야.'

그러나 이 암담한 풍경에 희망의 빛을 비추는 것이 역설적이게도 다시 공감능력이다. 릭 데카드는 안드로이드를 추적하는 일련의 과정 속에 큰 변화를 겪는다. 진짜 인간다운 공감능력이 봉인해제되고, 그 공감능력이 가엾은 '가짜' 인간들을 향하게 되자, 그는 영영 이전으로 돌아갈 수 없게 되어 버렸다. 진짜와 가짜, 그 둘의 간극이 얼마나 허약하고 보잘것없는지 생생히 체감해 버린 것이다.

진짜 동물을 소유하는 게 커다란 소원이었던 그는 아마도, 더 이상 진짜 동물을 욕심내지 않을 것 같다. 우연히 손에 넣은 전기두꺼비라도, 정성을 다해 키울 것이다. 누군가가 얼마만큼 진짜이고 얼마만큼 가짜인지 판별해 내는 일이 더 이상 중요하지 않을 것이다. 그의 눈빛은 중립적일 것이다. 차갑지도 뜨겁지도 않고, 우위를 주장하거나 열등함을 인정하지도 않고, 비하하지도 숭배하지도 않으면서 있는 그대로 무감히 바라볼 것이다. 아마도 그건, 서로에게 무해한 미지의 타인들이 서로에게 바라는 딱 그런 시선일 것이다. 우리에게 필요한 시선.

ps. 이 글이 이렇게 흘러간 데에는 연유가 있습니다.

신데렐라가 자정을 알리는 종소리에 놀라 달려가다가 유리구두를 떨어뜨린 건 순전히 옷차림 때문이었죠. 치맛단이 풍성하게 퍼져 발치까지 길게 늘어지는 화려한 드레스는 전력질주에 알맞은 차림새가 아니거든요. 무도회용 유리 하이힐을 내주던 요정 대모님은 이 아이가 이걸 신고 장애물 달리기를 할 거라고는 꿈에도 생각하지 않았을 거예요. 그놈의 신발은 저절로 벗겨지기까지 한 걸 보니 아마, 꽉 조여맬 신발끈도 안 달린 주제에 사이즈조차 제대로 맞지 않았던 모양이에요.

무도회에 맞는 차림이 따로 있듯이, 달리기 등의 운동에도 적당한 복장이 따로 있습니다. 그런 옷은 펄럭이거나 휘감기거나 마찰을 일으켜 움직임에 방해가 되어서는 안 되며, 근력운동을 할 경우 자세나 각도, 근육의 움직임을 시시각각 육안으로 확인하기 용이하도록 몸 선이 드러나는 것이 좋아요. 신발에 대해서라면, 언제든 끈을 단단히 조여 신는 게 중요하며, 어떤 경우라도 유리로 만들어진 것은 안 신느니만 못하겠지요.

저는 동네 헬스클럽을 다닙니다. 헬스클럽은 궁전이 아니고, 저는 왕자님과 춤을 추러 가는 것이 아니기 때문에, 달리기와 근력운동을 하기에 가장 좋게 만들어진 운동복을 입어요. 헐렁이지도 펄럭이지도 않고, 드레시한 구석이라고는 눈꼽만큼도 없는, 신축성 좋고 기능적인 피트니스 웨어죠. 노출은 거의 없지만, 몸에 딱 맞아 선이 드러나는 그런 차림입니다.

그리고는 꼭, 갈 때마다 불쾌한 사람들과 마주치게 됩니다. 편의상 그들을 눈알맨이라고 부를게요.

　얼핏 그들은 헬스클럽에 나와 열심히 건강관리를 하는 흔한 옆집 아저씨, 평범한 초로의 남성들로 보입니다. 그러나 그들이 '평범하고 무해한' 뭇 사람들과 구분되는 포인트가 하나 있으니 그것은 물론, 눈알이죠. 보통 사람들에게 눈이 두 개 달린 것처럼, 애석하게도 그들 역시 얼굴 상단 삼분의 일 선상에, 하나로도 과분할 눈알이 두 개 꽉 채워서 콕콕 박혀 있습니다. 눈알맨들은 물리적으로 남을 해코지 하는 사람들은 아니에요. 그저, 가진 눈알을 매우 무례하게 함부로 굴려 댈 뿐이지요. 그들은 마치 고깃덩어리라도 되는 것처럼, 아주 빤히, 끈질기게, 타인의 몸을 훑어봅니다. 불쾌해하는 기색으로 눈을 마주쳐도 피하지도 않아요. 남자와 달리 가슴이 밋밋하지 않다는 이유로, 허벅지 라인이 다르다는 이유로, 저는 길가에 놓여 있는 사물, 인격이 박탈된 물건이 된 기분을 느껴야 합니다.

　물론 이성의 몸이란 매혹적인 관음의 대상입니다. 저도 그 사실을 모르지 않아요. 하지만 양식 있는 인간이라면 다른 인간의 몸을 그렇게 대놓고 쳐다보지 않겠죠. 몸에 맞지 않는 스키니한 삼선 추리닝을 입는 바람에 아랫도리가 볼썽사납게 툭 불거진 남성들을 저도 많이 보지만, 그들이 무안해질까봐 사타구니로부터 재빨리 시선을 돌립니다. 몸을 보든 얼굴을 보든 국부에 눈이 가 닿든, 당사자가 불쾌하지 않게끔 시선을 단속하는 것은 상대방에 대한 당연한 예의이고 존중이니까요. 눈알맨들의 문제는 그걸 안 한다는 점입니다. 신체를 빤히 쳐다보는 행태가 상대방의 기분을 상하게 할지 어떨지 전혀 개의치 않아요. 저는 그 시선에서 그들 스스로 설정하고 있는 위계를 느낍니다. '나는 남자다. 연장자다. 그래서 내가 더 우월하고, 내가 더 '진짜 사람'에 가깝다.'

제가 눈알맨들의 회사 회장님이었다면 감히 그렇게 처다보지 못했겠죠. 월세 받아가는 집주인이기만 해도 못 그랬을 거라는 걸 충분히 예상할 수 있습니다. 그 뻔뻔한 시선은 상대가 대등한 인격체임을 인정하지 않는 데서 나오는 것입니다. 그렇기 때문에 저는 화를 내며 안드로이드 로이 바티의 엄지손가락을 떠올리곤 하는 거죠. 실소도 나오지 않을 이유로 우위를 점하고 방약무도하게 구는 자를 붙들어 그 알량한 두 눈알을 콱 터뜨려 버리는 전복을.

자, '진짜 인간' 따위, 엿이나 먹으렴.

☆

이질성과
함께 가기

수년 전의 일이다. 부모님과 함께 가까운 동남아시아로 삼박 사일의 패키지 여행을 떠났다. 멀지 않은 나라였지만 이국적인 분위기를 만끽하기에는 모자람이 없었다. 사진으로나 보던 풍광은 실제로도 아름다웠고, 음식은 맛있었고, 사람들은 친절했다. 더운 날씨 속에 개발도상국다운 투박함이 사방에 널려 있었지만, 그 나라의 이런저런 면모들은 그 자체로 매력 넘쳤다. 낯선 고장으로의 첫 여행이라는 건 으레 그렇다. 막연한 호감으로 다가가, 상상하고 짐작하기만 하던 진면목들을 가볍게나마 엿보고, 좀 더 깊어진 이해와 친밀감을 얻어 돌아오는 것. 여태까지의 다른 여행들에서 늘 그랬던 것처럼, 나는 이제 내 생에 직접적인 관계가 생겨난 그 나라를 사랑하게 될 수도, 자주 찾게 될 수도 있었다. 그 여행이 그렇게 불쾌하게 기억되지만 않았더라면.

　임땡땡 씨는 우리 패키지 팀의 인솔자였다. 일 때문에 그 나라에 집을 두고 3년째 살고 있다는 그는 중키에 몸이 마른, 얇은 안경 너머로 눈이 부리부리한, 40대 초반의 한국인 남성이었다. 패키지 여행의 특성상 막무가내로 이상한 고집을 피우거나 제멋대로 행동하는 사람들도 있었는데, 임땡땡 씨는 누구에게나 참을성 있게 귀를 기울이고 임기응변으로 대처도 잘 했다. 권태가 배어 있는 일 솜씨는 노련하고 실수가 없었다. 상당한 달변이어서, 전세버스 안에서 마이크를 잡고 추임새를 곁들여 감칠맛 나게 설명을 시작하면 저도 모르게 귀를 기울이게 만드는 재주가 있었다. 바로 그가 내 여행을 망친 주범이었다.

　전세버스의 운전사와 보조 가이드는 현지 사람들이었다. 둘 다 체구가 작고 까무잡잡했고, 동그란 눈을 찌부라뜨리며 친근하게 웃었다. 중년의 운전사는 우리말로 간단한 인사말 정도는 할 줄 알았고, 어리고 싹싹한 보조 가이드는 한국어를 상당히 잘했다. 그 사람들을 대할 때 임땡땡 씨는 전혀 다른 사람이 되었다. 누가 보고 있건 말건 상관도 하지 않았다. 무조건 반말을 하고, 무시하고, 험악하게 타박을 주고, 함부로 굴었다. 오랜 시간 당해 왔는지 두 사람은 무덤덤했지만, 지켜보는 입장에서는 너무나 불편한 광경이었다. 하지만 정말 끔찍한 순간은 면대면으로 그들을 막 대할 때가 아니었다. 뻔히 한국말을 구사하는 그들을 버젓이 옆에 둔 채로, 임땡땡 씨는 그 나라 문화를 욕하고, 그 나라 사람들을 멸시하고, 그 나라의 역사를 폄하하는 이야기들을 늘어놓았다. 삼박사일의 여행기간 내내.

"이 나라 사람들은 미개해서."

"이 나라 사람들은 열등해서."

"이 나라 사람들은 수준이 낮아서."

"이 나라 사람들은 작고 못생겨서."

"이 나라 사람들은 비열하고 천박해서."

결국, 그가 굳이 말하지 않아도 전해지는 전제는 그거였다.

"이 나라 사람들은 잘난 우리 같지 않아서."

현지생활 3년차의 생생한 경험담을 빙자한 그의 한민족 우월주의는 무구하던 관광객들의 마음에 독을 탔다. 호감 어렸던 호기심은 막연한 멸시 속에 변질되고, 순진하던 관찰에는 기우뚱한 편견이 얹어졌다. 임땡땡 씨는 끊임없이 이런 것들을 주워섬겼다. 저들이 부러워할 수밖에 없는 우리의 박정희, 우리의 새마을운동, 우리의 근면함, 우리의 탁월함. 흐뭇해하며 점점 더 턱을 높이 치켜드는 어르신들에 둘러싸인 채, 내가 할 수 있는 일이라고는 이어폰으로 귀를 틀어막고 볼륨을 크게 올려 그 못된 장광설을 차단하는 것밖에 없었다.

소설 『중력의 임무』는 내게 그때 그 여행을 떠올리게 했다. 이 작품 속 인물들 간 구도는 임땡땡 씨와 현지인 가이드가 맺은 협력관계를 닮아 있지만, 나타난 양태는 판이하게 달랐기 때문이다. 하나의 과업을 완수하기 위해 토착종족과 외래종족이 힘을 합친다는 본질은 같다. 그러나 같은 건 그뿐이다. 두 풍경은 극과 극으로 다른 데, 그 차이가 야자수나 해먹이나 알록달록한 전통복식의 유무 따위에서 비롯된 게 아님은 물론이다.

☆

『중력의 임무』의 배경은 메스클린이라는 먼 외계 행성이다. 인간 우주탐사단이 보낸 무인 로켓이 이 행성의 극지방에 불시착한 것이 모든 일의 발단이었다. 그 로켓에 저장된 귀중한 탐사정보를, 탐사단은 무슨 수를 써서라도 회수해 올 계획이다. 하지만 문제는 중력이었다. 분당 20도 이상 자전하여 하루 길이가 17.75분밖에 되지 않는 이 행성은 가운데가 살짝 솟은 납작한 팬케이크처럼 생겼다. 적도 지방의 중력은 지구의 3배 수준이라 과학기술로 무장하기만 하면 인간도 그럭저럭 견딜 수 있지만, 극지방은 차원이 다르다. 지구 중력의 700배. 어떤 수를 쓰더라도 인간 신체로는 도저히 견딜 수 없는 환경이다.

하지만 메스클린 원주민에게는 가능하다. 당연하게도 그 무시무시한 중력을 견디며 진화해 온 이들이기 때문이다. 탐사단은 메스클린의 바다를 항해하던 원주민 무역선 선장 발리넌을 접촉해, 모종의 설득과 거래를 통해 그와 선원들의 도움을 받기로 한다.

이들은 여러 모로 인간과 다르다. 이를테면 이 별의 거주자들은 '높이'나, 몸 위로 물체가 드리워지는 것에 대해 형언할 수 없는 공포를 느낀다. 고도의 중력 탓이다. 낙하하는 모든 물체가 끔찍한 파괴력을 갖는 환경인 것이다. 그들은 수직의 개념을 모른다. '솟는다'

는 건 위험한 것이며, 높이를 활용한다는 아이디어는 애초에 상상할 수 있는 것이 아니다. 그들 문명에서도 도시를 건설하지만, 거기에는 5센티미터 이상 올라가는 건축물이 없다. 즉 메스클린 인의 세계는 거의 2차원적으로 납작하다. 정확히 그들 자신의 신체처럼.

지상 5센티미터 이상의 높이로는 솟아오르지 못하는 신체. 그 높이 이상을 보지도 못하는 시야. 그렇다. 책등에 인쇄된 작은 전갈 그림에 이미 힌트가 담겨 있다. 메스클린 인은 딱딱한 키틴질 껍질로 뒤덮인 납작한 애벌레 모양 종족이다. 길이 약 40센티미터, 몸통 지름 5센티미터, 수많은 다리와 앞으로 내민 집게발을 지니고 바닥에 납작하게 붙어 기어 다니는 존재. 말하자면 그들은 '벌레'다. 지능과 언어와 문명을 가진 발 많은 벌레.

'미물'을 닮은 이질적인 외양, 한참 뒤떨어진 문명. 인류가 별과 별 사이를 항행하는 우주선을 만들고 멀리 더 멀리 탐사단을 보낼 만큼 발전하는 동안, 그들은 과학을 모르고 만물의 작동 원리도 파악하지 못했으며, 자신들의 행성조차 제대로 탐사하지 못한 상태다. 여행가이드 임땡땡 씨가 우주탐사단의 일원이었다면 어떤 그림이 나왔을지 눈에 선하다. 그는 틀림없이 메스클린 인들이 '미개하고', '열등하고', '흉측하고', '수준이 낮다'고 규정했을 것이다. 그리고 우리가 그들에 비해 얼마나 우월한지에 관하여 입으로 똥을…, 아니, 논문을 써댔겠지.

『중력의 임무』 속 지구인들이 임땡땡 씨와 천양지차로 달랐던 건 바로 그런 태도였다. 두 문명의 부정할 수 없는 격차에도 불구하고 탐사단에는 임땡땡 씨 같은 우월감이나 혐오정서가 존재하지 않는다. 그들이 매스클린 인을 직접 대면하거나 혹은 그들에 관해 이야기할 때, 그 언동은 멸시와 무시와 혐오가 아닌, 정중하고 사려 깊은 존중에 입각해 있다. 즉 이 관계에 우열의 구도는 없다. 선명한 이질성의 대비가 있을 뿐.

아마도 탐사단 사람들은 매스클린 이전에도 각양각색 외계 문명과 무수히 접촉해 왔을 것이다. 무관심이나 숭배, 협력이나 배제, 환대 또는 적대를 모두 망라하는 다양한 경험들 속에서 중요한 노하우를 학습해 냈을 것이다. 전혀 다른 환경, 다른 역사, 다른 여건 속에서 다른 경험을 쌓으며 나름의 최선으로 살아온 타자를 한 톨 티끌 같은 지구의 잣대로 판단하는 것이 얼마나 어리석고 무용하며 심지어 해악이 될지는, 사실 꼭 겪어야만 알 수 있는 일도 아니지만.

이질성을 인정하고, 그들의 환경이 만들어 낸 그들의 합리성을 존중하는 태도가 동일한 성격의 협업에 대해 얼마나 다른 풍경을 만들어 낼 수 있는지, 먼 외계의 별을 배경으로 한 이 이야기는 세밀한 전개도처럼 찬찬히 짚어 주었다. 물론 자기 기준을 내려놓고 타자를 있는 그대로 존중한다는 게 쉬운 일은 아니겠지만, 그걸 유념하지 않는 순간 괴물이 되기란 또 얼마나 쉬운 일인가. 임땡땡 씨도, 그의 영향으로 타문화를 깔보게 되었던 다른 사람들도, 대단한 악마의 현신이 아니었다. 다른 순간들엔 그들도 충분히 멀쩡하고 좋은 사람들이었던 것이다.

다만, 그 여행을 생각할 때마다 임땡땡 씨를 한 마리 독벌레로 표상하던 나는,『중력의 임무』를 읽은 후로는 그 메타포를 쓰지 않기로 마음먹었다. 매스클린 인들은 명예롭고 고결한 이들이었다. '벌레'라는 단어를 욕으로 쓰지 말아야지.

☆ ·····································

ps. 『중력의 임무』는 '고전'으로 꼽히는 하드SF 소설입니다. 1954년에 발표된 작품이지만, 낡은 느낌이 거의 없어요. 작가 후기를 읽어 보면, 저자인 할 클레멘트가 철저한 과학적 고증을 통해 물샐 틈 없이 논리 구조를 쌓아올리는 것을 마치 독자와의 퍼즐놀이인 양 즐기고 있다는 인상이 농후합니다. 게다가 소설 여기저기에 고등학교 과학 선생님다운―할 클레멘트는 실제로 고등학교에서 물리를 가르쳤다고 해요― 친절하고 세세한 과학적 설명이 다양한 분야를 커버하며 흩뿌려져 있어서,『소설로 읽는 과학』류 교육서를 읽느니 이 책을 보는 게 좋을 것 같다는 생각마저 들지요. 화학, 천문학, 물리학, 기상학, 생물학 등등이 충분한 개연성을 담보하면서 자연스럽게 스토리를 구성해요.

진입장벽이 높다는 평이 많습니다. 하드SF 특유의 지적 부담감뿐 아니라 도입부 100여 페이지의 불친절한 특성이 한몫하는 것 같아요. 설레는 마음으로 책을 펼쳤다가, 혼란의 도가니에 빠져들기 딱 좋은 거죠. 한 번도 본 적 없는 영화를 중간부터 보기 시작했을 때 기분이랄까요. 여기는 어딘지, 쟤는 누구인지, 얘랑 걔는 어떤 관계인지, 이건 지금 무슨 상황이고 이 맥락에서 저런 행동을 하는 건 무슨 뜻인지, 독자는 갈피를 못 잡고 갈팡질팡 마구 헤매고 있는데 소설은 그런 당혹감 따위 거들떠도 보지 않고, 내 알 바 아니라는 양 앞으로 쭉쭉 나아가기만 하는 것이죠. 그러니까, 이 소설은 할 클레멘트의 후기대로 '퍼즐 맞추기'가 맞는 것 같습니다. 뭐가 뭔지 모르겠어도 일단 떨어져 있는 조각들을 가만가만 모으다 보면 어느 순간 알아볼 만한 그림이 만들어지거든요. 그리고 그 그림을 딛고 펼쳐지는 즐거움은 쉬 포기하기 아까울 정도로 커요. 그러니 모쪼록 더 많은 사람들이 초반의 어리둥절함을 잘 견뎌 내길 바랄 뿐입니다.

엘리자베스 문
『어둠의 속도』
───────── ☆

통조림의
안과 밖

필요한 앎을 박탈당한 채, 무지(無知)의 영토로 유폐되어 있었던 시절이 있다. 그때는 온통 눈앞이 캄캄하여 손가락 하나 움직이기도 겁이 났다. 조그맣게 옹송거리고 앉아, 할 수 있는 일이라고는 외부의 시그널들에 필사적으로 귀를 기울이는 일밖에 없었다. 단단히 밀봉된 그 어두운 세계에선 시간도 점액질로 꿀렁꿀렁 느리게 흘렀다. 좁다란 양철통에 갇힌 통조림 고등어가 된 기분이었다. 그래서 나는 당시를 통조림 고등어의 시절로 기억한다.

가끔씩 바깥으로부터 오는 시그널들이 있었다. 깜깜히 가려진 통조림 바깥의 동정을 알려줄, 작은 정보의 파편들이. 귀를 쫑긋하고 그런 데이터들을 수집할 때, 나의 뇌는 미친 뻥튀기 장수 같았다.

감지된 데이터들을 닥치는 대로 증폭시켰던 것이다.

이거 중요한 신호 같지 않아? 삥!

이것도 중요한 신호 같지 않아? 삥!

이것도 삥! 저것도 삥! 아까 지나간 그것들도, 삥! 삥! 삥!

모든 소리, 모든 진동, 깃털이 긁히는 것 같은 마찰 한 가닥에까지 의미가 부여되었다. 데이터들이 삥삥 삥튀기가 되어 천편일률적으로 비대해지는 바람에, 어느 것이 유의미한 신호이고 어느 것이 흘려보내도 될 쭉정이인지 판별하는 게 불가능했다. 거인국에 간 걸리버가 아마 이런 기분이었을 것이다. 눈·코·입, 머리칼, 오목조목 구조가 그대로인 건 틀림없는데, '정상적인' 척도로는 파악이 안 될 때의 당혹감. 이 '통조림' 안에서, 삶은 지독히도 낯선 것이 되었다. '정상'의 사이즈, '정상'의 질감, '정상'의 범주를 잃어버리자 일상은 일 분 일 초가 힘겨운 과업이 되었다. '이런 게 왜 정상이지?' '이건 왜 이상한 거지?' 갈피를 잡기 힘들었지만, 남들 눈에 새삼스레 이상한 사람으로 보이고 싶지는 않았으므로, 나로서는 관습적인 행태들을 눈치껏 연기하는 것으로써 간신히 정상성을 흉내 낼 수밖에 없었다.

딱, 루가 그랬던 것처럼.

☆

『어둠의 속도』의 주인공 루 애런데일은 여러 모로 SF의 주인공 같지 않은 사람이다. 고른 치열을 환히 드러내는 미소로 승무원들의 마음을 사로잡는 바람둥이 우주함장도 아니고, 탁월한 유머감각으로 상황을 타개해 나가는 영리한 우주비행사도 아니다. 천재도 아니고, 영웅도 아니고, 첩보원도 아니고, 외계인도 아니다.

그는 그저, 한 대기업의 연구원이다. 회사에서는 복잡한 패턴을 읽어 분석하는 일을 한다. 내향적인 성격에 차분하고 진지하고 예의바른 사람이다. 자기 집에서 혼자 살고, 자가용으로 출퇴근하며, 취미로 펜싱을 즐긴다. 부모님은 돌아가셨지만 따뜻하고 충실한 오랜 친구들이 있고, 내심 좋아하는 여자도 있다. 야무지게 집안일을 하고, 항상 매무새를 단정히 하며, 일요일에는 교회에 나간다. 그에게는 대단한 야심도 없다. 스스로 꾸려 가고 있는, 단조롭지만 규칙적인 소시민적 일상이면 충분하다고 여긴다. 이쯤되면 이맛살을 찌푸리며 말꼬리를 잡아늘여 말하고 싶어지는 것이다.

"SF소설의 주인공이라고? 에이, 그냥 보통 사람 같은데?"

맞다. 그는 그냥 보통 사람 같다. 하지만 아무도 그를 보통 사람이라고 하지 않는다. 자칭으로도, 타칭으로도.

자폐인. 루를 정의하는 다른 말이다. 1차 진단 자폐 스펙트럼 장애/자폐증, 감각통합장애, 청각정보처리장애, 시각정보처리장애, 촉각방어…. 판정 받은 증상만도 이만큼이다. 적절한 치료법과 양육을 통해 '정상인'들과 어울려 살 수 있는 정도가 되기는 했지만, 그럼에도 불구하고, '보통'이라든가 '정상'과 같은 라벨이 그에게 주어졌던 적은 단 한 번도 없다.

많은 자폐인들이 그렇듯, 루가 세상을 받아들이는 방식은 보통의 사람들과 좀 다르다. 그는 뻥튀기 장수 같은 뇌를 가졌다. 빛, 소리, 냄새 같은 사소한 것들로부터 보통을 훨씬 넘어서는 과도한 정보 값을 읽어 낸다. 하지만 장애 때문에, 사람들의 표정, 눈짓, 관용어 같은 것들에서는 오히려 보통 사람들의 절반만큼도 패턴을 읽어 내지 못한다.

우리가 무심히 하는 말, '모르면 외워야지'가 그의 경우에는 학문이 아닌 일상생활에 적용된다. 보통 사람들, 이른바 정상인들과 어울려 살기 위해, 그는 경련과도 같은 반복행동을 억제하는 방법, 냄새나 소리에 새되게 반응하지 않는 방법, 멍청하고 텅 빈 인사말에 역시 무의미한 인사말로 호응하는 방법 등을 외워 익혔다. 사실, 외워 써먹기는 해도, 이해할 수 없는 것이 너무 많다. 정상과 비정상의 그 간극을 그는 빛과 어둠의 유비로서 끊임없이 숙고한다.

정상인들은 어떻게 느낄까? 중학교 과학 시간에 했던 실험을 기억한다. 비스듬히 놓은 화분에 씨를 심었다. 식물들은 줄기가 어느 쪽으로 굽어지든 간에, 빛이 있는 방향으로 자랐다. 누군가 나를 비스듬히 놓은 화분에 심었던 걸까 하고 생각했던 기억이 난다. 『어둠의 속도』 363쪽

굴광성 식물처럼, 루는 평생 정상성을 향해 꾸준히 제 존재를 휘어 왔다. 그러나 정상과 비정상은 얼마나 확실히 구분될 수 있는

가? 소설은 그 불분명한 경계에 관해 끊임없이 질문을 던진다. 루의 장애로 인해 불이익을 입고 있다고 여기는 일단의 '정상인'들의 행태를 보자. 회사에 새로 부임한 상급자인 크렌쇼는 자폐인들이 회사의 비용구조에 해악을 끼친다고 생각해 무리한 해고 공작을 벌인다. 펜싱 모임의 돈(Don)은 루가 동정을 빌미로 자기 친구들을 가로채 갔다고 생각해 폭력적인 복수 행각을 벌인다. 루는 배우고 연습해 온 정상성의 잣대를 통해 명실상부 '정상인'의 범주에 속하는 그들을 이해해 보려고 애쓰지만, 당연히 그 시도는 벽에 부딪친다. 당면한 부조리를 이해하기에 실패한 그가 '하지만 그(들)은 정상인이잖아요'라고, 중얼거릴 때, 우리는 안타깝게 설명해 주고 싶어지는 것이다. 루, 그들은 '정상인'이 아니에요. 당신이 오히려 정상이죠.

정상과 비정상. 그것은 사실 분절된 두 개념이 아니라, 하나의 연속된 스펙트럼이다. 자폐증상의 측면에서 루는 스펙트럼의 왼쪽 축에 속하는 특성이 많은 사람이지만, 이 잣대 하나에 기대 그를 '비정상인'으로 규정지어 버리는 것은 부당한 폭거가 아닌가? 권력욕이라는 측면에서 크렌쇼는 비정상이었다. 폭력성이라는 측면에서 돈은 비정상이었다. 사회 전체의 맥락에서 볼 때 훨씬 유해하고 병적인 것은 오히려 그들이다.

루도 그 사실을 배운다. 다치고 시달리며 힘겹게 깨달아 간다. 그럼에도 불구하고, 루가 스스로 속해 있다고 느끼는 '비정상'의 영역은 기실 어둠의 영토다. 빛이 없는 곳. 빛이 아직 도달하지 못한 곳. 이렇게 빗댈 때 그가 자신의 장애를 비하하는 것은 아니다. 앎을 앞선 무지가, 자신의 존재를 결정짓고 있다고 느낄 뿐이다.

"어둠은 빛이 없는 곳이죠. 빛이 아직 도착하지 않은 곳이요. 어둠이 더 빠를 수 있어요— 항상 먼저 있으니까요." 『어둠의 속도』, 142쪽

소설의 배경이 되는 근미래는 자폐 치료법이 개발되어 더 이상 자폐인이 생기지 않는 시대다. 루는 마지막 자폐인 그룹에 속한다. 안타깝게도 완벽한 치료법이 알려지기 이전에 태어나 성장한 세대였던 것이다. 그가 받은 치료도 퍽 진보된 것이어서 그가 이만큼이라도 앞가림 하며 살 수 있게 만들어 주었지만, 완치의 혜택까지는 그의 몫이 아니었다. 그러던 어느 날, 자폐의 역진치료법이 연구 개발되고 있다는 소식이 전해지고, 그의 평온하던 일상에도 균열이 일어나기 시작한다.

어둠이 더 빠르지만, 빛은 그 어둠을 따라잡는다. 그리하여,

똑똑. 암흑 밖에서 누군가 문을 두드린다.

새롭게 당도한 자폐치료법이 이제 그의 문 밖에 서 있다. 인간의 자폐와 유사한 증상을 보이던 침팬지의 역진치료에 성공했다는 소식이 먼저 건네진다. 문틈으로 희미하게 빛줄기가 비쳐 든다.

'그러니까 루, 정상인이 되는 인체실험에 자원하지 않을래?'

이제, 루가 대답해야 할 순간이다. 문을 열 것인가, 말 것인가. 문을 열면 빛 속으로 나설 수 있을까? 아니면, 그 한 발 뒤, 어둠보다 더 깊은 어둠 속으로 떨어져 내리게 될까?

저 밖에는 어둠이, 우리가 아직 모르는 어둠이 있다. 어둠은 언제나 그곳에서 기다리고 있다. 그런 의미에서, 어둠은 언제나 빛보다 앞선다. 예전의 루는 어둠의 속도가 빛의 속도보다 빠르다는 것을 불편해했다. 지금의 나는 그 사실을 기쁘게 여긴다. 왜냐하면 그것은 빛을 쫓는 한, 나는 영원히 끝나지 않으리란 뜻이기 때문이다.

이제 내가 질문을 던질 차례다. 『어둠의 속도』, 553쪽

망설임 끝에 루는 그 문을 열어젖힌다. '치료'라는 관점에서 보면 당연한 선택 같지만, 정상성과 비정상성 사이가 얼마나 모호한지 온몸으로 체감한 입장에서는 또 딱히 그렇지만도 않다. 오히려 치료에 나선다는 건 내지 않아도 될 용기를 일부러 끌어내야 하는 일이다. 자폐아들을 위해 조성된 사회 환경이 딱히 불만족스럽지도 않거니와, 어둠은 루가 평생 몸을 맞추어 온 익숙하고 안전한 곳이기 때문이다. 게다가 이 안에도 오랜 시간을 들여 쌓아 올린 사랑과 우정, 소중한 관계들이 존재한다. 문을 여는 것은 그 모든 것을 뒤로하고 미지의 공간으로 발을 내딛는 일이다. 빛을 받아들이겠다고 결단할 때, 그의 생의 많은 것이 매몰비용으로 사라져 버릴 것은 당연한 일이고, 잘못되면 생 자체가 망가져 버릴 수도 있다. 사랑이 사라지고, 우정이 변하고, 새로운 어둠이 따라오게 될지라도 후회 없이 제 선택을 책임지겠다고 마음먹을 때, 루의 성숙한 용기는 정상과 비정상의 범주 밖에서 빛난다. 빛을 앞지른 어둠을 적대하지도 미워하지도 않으면서, 다만 몰랐던 빛을 제 삶 속에 받아들이고자

미지의 영역으로 나아가는 모습은 숫제 존경스럽기까지 하다.

★

내가 통조림 고등어였던 시절, 긴 웅크림을 멈추고 통조림 뚜껑을 밀어올렸던 순간을 기억한다. 그 찐득찐득한 어둠에 빛이 훅 번져 들어왔다. 무지가 사라진 자리에 눈부시게, 삽시간에, 앎이 들어차기 시작했다. 나는 치료가 성공한 후 루가 어떤 일을 겪었을지 아프게 그려 볼 수 있다. 지(知)가 항상 축복이기만 한 것은 아니었기 때문이다. 거기에는 피할 수 없는 고통과 욕지기가 따른다. 그럼에도 불구하고 적어도 한 가지는 확실했다. 통조림 바깥의 세상은 밝고 넓었고, 어떤 감각도 더 이상 비정상적으로 증폭되지 않았다. 빛, 소리, 진동이나 촉감 같은 데이터들이 서서히 제 범주 안으로 안착되었다. 뻥튀기 장수처럼 호들갑스럽던 뇌가 서서히 안정되는 걸 느끼며 나는 조심스럽게 기지개를 켰다.

곤죽같이 정체되어 있던 시간이 부드럽게 흐르기 시작했다.

바야흐로, 내 인생의 제2막이었다.

☆ ....

ps. 『어둠의 속도』는 제가 가장 사랑하는 SF중 하나입니다. 마음이 힘들 때 자주 들춰 보는 책이기도 해요. 담담한 문체, 섬세한 심리묘사, 생생한 인물들이 어우러져서 묵직한 화두를 밀어붙이는데, 그 얇은 표면 아래 문제의식이 겹겹이 풍성합니다. 정상성과 비정상성, 장애에 대한 우리 사회의 인식, 어울려 사는 세상에 대한 사고실험 등등 묵직한 테마들이 자연스럽게 녹아 있어서, 가슴 저릿하고 묵진한 독서 경험을 선사합니다.

루는 굉장히 매력적인 주인공입니다. 작중에서도 미화 없이 건조하게 서술되는 특유의 '비정상성'에도 불구하고 그래요. 그는 자기 삶을 책임감 있게 살아 내려고 노력하는 인물이고, 따뜻한 성품과 담대한 용기를 지닌 사람이거든요. 더 나은 사람이 되려는 열망도요. 이런 것 없이 흐지부지, 바닷가의 모래성처럼 맥없이 허물어져 가는 보통의 사람들을 얼마나 많이 보나요.

정상성/비정상성을 가르는 기준은 얼마나 빈약한 것이며, 우리 생에서 무엇이 진짜 흠결이고, 무엇이 정말 필요한 덕목인지, 읽을 때마다 새삼스럽게 마음을 울립니다. 아마 제 일상의 사고방식이 그만큼 관성적이라 그런 것이겠지요. 더 자주 읽어야 하려나 봅니다.

리처드 매드슨
『나는 전설이다』
─────── ☆

좀비들의 도시에서
살아남기

계절이 바뀔 때마다 수면장애를 앓는다. 직전 절기에 가까스로 찾아낸 체온, 이불, 기온의 평형이 깨지고 새로운 시행착오의 시간이 시작된다. 밤을 꼴딱 새는 지경은 아니므로 '경미하다'고 할 수 있지만, 그 괴로움만큼은 결코 가볍지 않다. 너무 덥거나 너무 춥거나, 살갗이 너무 차가워지거나 진땀이 흐른다. 잠들기도 힘든데, 기껏 든 잠도 쉽사리 깨기 일쑤다. 그게 더 괴롭다. 매번 깰 때마다 다시, 한 번도 잠든 적 없다는 듯이, 새로이 잠 청하기를 반복해야 하기 때문이다.

세 번, 네 번, 다섯 번, 여섯 번… 매번의 잠 이루기는 지난한 여정이다. 눈꺼풀은 한없이 무거운데, 정신은 또렷또렷 새벽공기 속을 떠돌기 시작한다. 온갖 사념들이 유령처럼 부스스 일어나 흐느적흐

느적 엇갈려 거닌다. 마음에 어지러이 발자국이 찍힌다.

시시포스의 저주가 이랬으려니 생각한다. 긴밤을 감질나게 끊어 대는 짧은 잠과 긴 뒤척임의 연쇄가 덧없는 윤회 같아서 서러워진다. 그러다가는 급기야, 아니 내가 뭐 큰 거 바라는 것도 아니고 잘 시간에 자겠다는 것뿐인데 그게 왜 이리 힘들어야 하는지, 어느 사막의 신이든 윤회의 관장자이든, 날 이런 운명에 처박은 그 작자를 냅다 한 대 치면 좋겠다고 생각하며 애꿎은 베개를 내리치게 되는 것이다. 팡! 팡! 팡!

잠 청하기도 지친 어느 순간들에, 눈을 떠 천장의 암흑을 마주한다. 그리고 귀를 기울인다. 귓전에 밀려와 부딪히는 밤의 소리는 한없이 이질적이다. 낮에는 없던 묘한 울림이 거기 깃들어 있다. 멀리서부터 가까워지다가 기묘하게 달라져 다시금 멀어져 가는 자동차 소리, 유난히 가깝게 들리는 개 짖는 소리, 쓰레기봉투가 터지는 소리, 가끔은 취객의 고성방가. 그리고, 그 울림의 잔상이 하늘의 별로까지 퍼져 올라간 후, 다음 소음을 기다리게 만드는 막간의 고요.

밤의 적요에는 납추와도 같은 무게가 있다. 지속되는 침묵에 귀 기울이며 예민하게 신경을 곤두세울 때, 나는 그 적막에 집중하는 것이 아니다. 오히려, 끼쳐 들어와 침묵을 깰 한 줄기 소음을 기다리는 것이다. 그것은 홀로 깨어 있고 싶지 않은 순간에, 홀로 깨어 있지 않음을 확인하려는 갈급함이다. 누군가 나처럼 눈뜨고 있다는 작은 증거들을 필사적으로 채집하는 것이다. 인정하고 싶지 않지만, 그것은 명백히 외로움의 발로다.

외로움은 나의 전문분야는 아니다. 혼자 있는 시간이 아무리 길어도, 혼자 놀고, 혼자 대화하고, 셀프 대접하기에 바빠 외로운 걸 잘 모른다. 그러나 세상이 다 잠든 캄캄한 고요 속, 깨어 있는 사람이 나 혼자뿐인 것 같은 기분에 사로잡힐 때, 불켜지듯 환하게 이해가 내려온다. 아아, 이것이었구나. 외롭다는 건 이런 것이었구나. 잠과 깸의 지긋지긋한 반복을 표상하던 시시포스의 이미지는, 스테이시 웨건을 타고 텅빈 도시를 질주하는 한 남자의 이미지에 밀려난다. 세상이 멸망한 후 혈혈단신 살아남아 끈질기게 생존을 도모하던 한 사람, 자타공인 우리 종족의 마지막 전설이 된 그 사람, 『나는 전설이다』의 비극적인 주인공 로버트 네빌이다. 좀비로 뒤덮인 세상에서, 그가 가장 견디기 힘들어 했던 건 홀로 깨어 있는 자의 사무치는 외로움이었다. 그 외로움은 알코올과 음악과 쉴 새 없는 노동으로도 달래지지 않았다. 아득한 공감이 내 졸음의 농도를 희석시킨다.

☆

리처드 매드슨의 『나는 전설이다』는 1950년대에 쓰여진 공포 SF소설이다. '공포'에 방점을 찍어야 할지 'SF'에 방점을 찍어야 할지 헷갈리는데, '걸어다니는 시체'와 흡혈귀가 합쳐진 괴물들이 떼로 달려드는 장면들만 보면 공포물인가 싶지만, 현대 과학 ── 생화학, 생리학, 심리학 ── 의 관점에서 제시한 재해석이 제법 그럴듯해서 SF로 읽기에도 손색이 없다. '좀비'가 지금처럼 인기 있는 테마로 발전하는 데 단초를 제공한 작품이라고 한다.

출간 이후 세 번이나 영화화되었는데, 윌 스미스가 주연한 2000년 대 버전의 흥행성적이 가장 좋았다.

이 작품이 진정 좀비 테마의 효시라면, 내 삶에 가장 큰 영향을 미친 콘텐츠로 보아야 할 것이다. 좀비는 현대 장르문학의 여러 테마 가운데 내 세계관에 가장 직접적으로 작용한 피조물이기 때문이다. 이성이 증발된 채 식욕과 생존욕만이 남아 썩은 살점을 덜렁거리며 야수처럼 달려드는 이미지가 강렬하게 각인된 후, 좀비는 내 일상의 거의 모든 순간에, 의식과 무의식 양쪽에서 자동반사로 고려하는 변수가 되어 버렸다. 내게 있어 좀비 생각은 매캐하게 휘감아 도는 공기, 싫어도 호흡 한 숨 한 숨에 빠짐없이 딸려들어와 폐 속에 중금속을 콕콕 박아 넣는 초미세먼지에 가깝다.

어떤 장소에서건 비상구를 살피고, 걸어 잠글 밀폐공간의 유무를 확인한다. 고층빌딩에 들어가면 생각한다. '유사시에는 옥상으로 달아나면 되나?' 지하층으로 내려갈 때면 생각한다. '메인 계단 이외의 다른 통로가 있을까?' 화재에 대한 걱정 비슷하지만, 아니다. 모두가 순도 100퍼센트의 좀비 걱정이다. 기차를 타면 고민한다. '이게 기관차로부터 몇 번째 칸이지?' 집안, 내 방, 내 침대에 누워서도 시시때때로 계산해 본다. '지금 냉장고의 음식들로 며칠이나 버틸 수 있지?' 그러다가 소스라쳐 벌떡 일어나 앉기도 하는 것이다. '옆집 부부가 감염되면 어떡하지? 그럼 베란다도 막아야 하는데!'

정전(停戰)의 세월 동안 한반도에 살면서 전쟁 걱정 한 번 안 해 본 것은 아니지만, 내게는 언제나 전쟁보다는 좀비가 훨씬 와닿는 공포였다. 얼핏 생각하기에 아주 이치에 맞는 행태는 아닌 것 같다. 실재하는 위험보다 상상된 존재에 대한 걱정에 더 적극적이라니. 그러나, 가만. 정말 그런가? 좀비로 멸망하는 세상 속 생존자의 삶이란 적대적이고 공격적인 타자에 둘러싸여 끊임없이 사방을 경계하고 몸을 사리는 삶이다. 이게 정말 그렇게 낯설기만 한 행태냐고 묻는다면, 아니다. 전혀 그렇지 않다. 나는 이런 삶을 너무 잘 안다.

온 사방에 대한 경계로 점철된 삶이란 2018년의 대한민국, 비혼의, 독거의, 홀몸 여성에게 전혀 낯선 것이 아니기 때문이다. 전혀 모르는 타자는 물론, 아는 사람조차 잠재적 가해자로 가정해야 한다는 점에서는 오히려 더 극단적이다. 얼굴만 설핏 알 뿐인 동네 사람들과는 거리를 둔다. 사생활로 구설에 오르내리지 않기 위해서다. 혼자 살지 않는 척, 내지는 동거인이 있는 척한다. 만만한 범죄의 표적이 되고 싶지 않기 때문이다. 누구에게도 집 주소는 함부로 가르쳐 주지 않고, 배달음식도 가급적 시켜 먹지 않으며, 인터넷 쇼핑을 할 때면 세 번 중 한 번은 아버지나 남자 형제의 이름을 적어 넣는다. 택배 운송장은 꼼꼼히 파쇄하고, 거실 블라인드는 해지기 전에 내린다. 현관 앞에는 낡은 신사화를 얻어다가 전시해 놓고, 베란다에 빨래를 널 때에는 중성적인 티셔츠와 바지 유를 제일 바깥쪽 줄에 넌다. 설치나 AS가 필요한 일들은 묵혀 두었다가 친구나 가족이 놀러와 함께 있는 날을 골라 기사 방문을 요청한다. 좋은 분들이시겠지만, 아닐 수 있는 일말의 확률을 내 안전을 걸고 시험할 필요는 없다.

모두가 위장전술이다. 혼자 사는 것에 대한 위장, 비혼인 것에 대한 위장, 급기야는 여성이라는 것 자체에 대한 위장. 제2의 천성처럼 몸에 배어 이제는 별다른 스트레스조차 되지 않는 이 위장전술들은, 창마다 널빤지를 대어 못질하던 로버트 네빌의 생존법과 크게 다르지 않다. 널빤지로 막고, 마늘액을 둘러치고, 꽁꽁 걸어 잠근 문 안에서 온 세상을 경계한다. 내심으로는 마음을 나눌 한줌의 동족을 원하지만, 그 누구에게도 섣불리 문을 열 수가 없다. 물론, 저 바깥 타자들 가운데 '사람'이 섞여 있을 수 있다. 그러나 네빌, 외로움에 너덜너덜해진 그 가엾은 사람은 '사람'이라고 믿고 싶었던 한 여자에게 문을 열어 주었고, 그 한 번의 착오로 허망한 파국을 맞았다. 그러니 세상을 비관적인 관점으로 보는 게 좋다. 성선설을 전제로 하기엔, 세상은 너무 위험하고 우리는 너무 취약하다. 네빌에게도 그랬고 나에게도 그렇다.

　　대도시의 익명적 삶에서, 마주앉아 소통할 수 없는 한 우리는 서로가 서로에게 좀비들이다. 입방아의 제물도 되고 싶지 않고, 강간절도사건의 피해자도 되고 싶지 않고, '여자가 빌미를 줬네'라는 혐의도 사양하고 싶은 ──비혼의, 독거의, 홀몸 여성인── 나는, 자, 어느 옥상으로 뛰쳐 올라가야 하나? 그러나 그 어느 옥상에서도 나는 어김없는 불면의 밤을 맞이할 것이고, 지난 밤들에 언제나 그랬던 것처럼 멀고 기약 없는 사람의 기척에 간절히 귀를 기울이게 될 것이다.

　　혼자 있고 싶지만, 혼자 깨어 있고 싶지는 않아.

☆ ································

ps. 『나는 전설이다』의 좀비는 현대적인 좀비 개념과 다른 면이 많습니다. 사람이었던 시절의 기억이 실낱처럼 남아 있고, 그래서 네빌을 밖으로 꾀어 내기 위해 큰소리로 이름을 외치기도 하죠. 저는 이 버전의 좀비들이 여타의 좀비들보다 더 무섭더라고요. 완전히 타자화할 수 없으니까요. 동질감, 또는 말이 통할 거라는 희망을 걸게 되는 순간 우리는 더 취약해지잖아요. 문을 두드리는 게 좀비일지 사람일지 알 수 없는 일이니, 호신술부터 배워 두는 게 시급하겠습니다.

앤 레키
『사소한 정의』
─────── ☆
착각은 자유지만
실례는 금물

지난주, 머리를 잘랐다. 생일기념이었다. 거창하게 말하면 몸과 마음을 쇄신하겠다는 일종의 의식, 쉽게 말하면 그냥 셀프 생일선물이었다. '우주여 나의 머리카락을 바칠 테니 새로운 운명과 샘솟는 에너지를 주세요!'라는 심정이었달까.

헤어스타일 상담을 하며 디자이너가 말했다.

"숏커트도 잘 어울리시겠는데요."

"으허헣 설마요."

"진짜요. 아무한테나 안 권하는데."

나는 기대와 불신이 동시에 차오르는 눈빛을 숨기기 위해 스타일북을 들여다보는 척 고개를 숙였다. 그럴 리가 없었다. 왜냐하면 숏커트와 관련해 트라우마를 남긴 사건이, 선명히 기억하는 것만도 세 건이나 있었기 때문이다. 초등학교 1학년 때와 중학교 1학년 때 각각 한 번씩 숏커트를 했었고, 이후 다시는 그 헤어스타일을 시도하지 않았다. 숏커트라니, 숏커트라니! 매혹과 공포가 한꺼번에 치달아 왔다. 그것은 내게 시방 위험한 짐승이었다. 내 영혼에 잇자국을 남기며 와그작와그작 씹어 댈 잔학한 그 무엇.

평생 처음 숏커트를 했을 무렵의 어느 날, 어머니가 다니시던 에어로빅 학원의 탈의실에 따라 들어갔을 때 아주머니들이 화들짝 놀라 소리쳤다.

"얘, 너는 다 큰 애가 여자들 옷 갈아입는 데 막 들어오면 어떡하니?"

두번째 기억. 스케이트링크에서 고학년 언니들이 내 쪽을 곁눈질하며 수군거리다가 멋지게 미끄러져 와서는 빙글빙글 웃으며 물었다.

"저기 너, 남자니 여자니?"

세번째 기억. 부모님을 따라 백화점에 갔는데, 아동복 매장의 젊은 남자직원이 나를 보며 쾌활하게 웃음을 터뜨렸다.

"아니 너는 남자애가 왜 머리에 삔을 꽂고 다녀?"

사람들은 살아가면서 수많은 착각을 한다. 볼펜을 사인펜으로 착각하기도 하고, 배우 크리스 에반스와 크리스 프랫과 크리스 햄스워스를 헷갈리기도 하고, 서울시 영등포구 양평동을 경기도 양평으로 착각하기도 한다. 고현정을 고소영의 친언니라고 착각하기도 하고, 우리 이모가 우리 엄마인 줄 착각하기도 한다. 사람들 사이에서는 다종다양하게 허를 찌르는 평범하고 기발하고 악의 없는 착각들이 부지기수로 일어난다. 그리고 그 대부분은 그냥 짧은 해프닝으로 지나간다. 피차 실수라는 걸 모를 수 없는 작은 일에 대해 수십 년이 지나도록 앙심을 품고 기억하는 경우는 잘 없다. 하지만 당신이 만약 누군가의 성별을 착각했음을 당사자에게 들켰다면, 모쪼록 빠른 시간 안에 그 참사를 수습하길 바란다. 그러지 않을 경우, 당신이 내심으로는 얼마나 미안해하든 무안해하든 또는 무신경하게 넘겨 버리든 상관없이, 당신을 향한 원망과 저주는 이십 년, 삼십 년, 사십 년, 또는 오십 년도 더 지나 결국에는 구천으로까지 떠돌게 될 것이기 때문이다. 바로 지금, 여기, 내 펜 끝에, 에어로빅 학원의 탈의실 여자들과 스케이트장의 무례한 상급생들과 백화점의 눈치 말 아드신 청년이 시시포스의 애잔한 바윗덩이처럼 마르고 닳도록 소환되고 있듯이.

성별을 오인당하는 것은 기분 나쁜 경험이었다. 어린 시절의 저 사건들은 깊은 모욕감과 더불어 조각칼로 후벼판 듯 선명하게 뇌리에 남았다. 나를 정말로 괴롭힌 건 그게 왜 그렇게 기분이 나빴을까 하는 의문이었다. 여자로 규정되는 게 좋아서였을까? 아니면 모든 남자는 여자보다 못생겼다고 생각해서? 그러나 여자라는 규정이 특별히 좋았던 적은 없고, 못생김은 성별로 평균을 내 견줄 문제가 아니었다(여자인 내가 남자인 원빈보다 일흔아홉 배쯤 더 못생겼다). 그리고 내 경우와 반대로 여자로 오인 당하고서 발끈한 남자아이들의 이야기도 얼마든지 찾아볼 수 있었다. 아무리 생각해 봐도, 다른 성을 싫어하거나, 자기 성이 낮다고 생각한다거나 하는 혐의와 결부되기엔 억울한 감이 있었다. 도대체 뭐가 문제였던 것일까? 나의 불쾌감이 온당한 것이기는 한 거야?

이유는 모르겠지만 앤 레키도 이 문제를 깊이 고민해 보았던 게 틀림없다.

☆

앤 레키의 경이로운 데뷔작『사소한 정의』를 읽는 동안, 나는 이 작가가 어떤 연유에서인지 성별 오인의 불쾌감을 잘 아는 사람이라는 인상을 받았다. 이 소설에는 주인공이 다른 행성 사람들의 성별을 제대로 구분해 내려 애쓰며 느끼는 스트레스가 종종 언급된다. 중요도에 비해서 너무 자주 나온다 싶을 정도다.

주인의 성별을 언급하지 않고 말할 방법을 찾아야 했다. 아니면 성별을 넘겨짚거나. 최악의 경우라 해봐야 확률은 반반이다. 『사소한 정의』, 14쪽

나는 이곳에 사는 모든 사람을 알았으므로 그녀가 여성이고 손자를 둔 할머니라는 사실을 알았다. 이 두 가지는 문법 면에서나 예절 면에서 올바르게 대처하기 위해 꼭 숙지하고 있어야 할 사항이었다. 『사소한 정의』, 28쪽

『사소한 정의』는 거대한 은하계를 무대로 펼쳐지는 흥미진진한 스페이스오페라다. 비극적인 사고로 사랑하던 사람을 잃고, 졸지에 인간의 몸에 깃들어 살게 된 인공지능 함선(!)이 20년 동안 숨어서 칼을 갈다가 마침내 은하제국의 황제에게 복수하는 이야기라고 요약하면 뭔가 유치하고 구멍이 숭숭 뚫려 총체적으로 난감한 3류 콘텐츠같이 들리지만, 아니다. 지극히 정교하게 짜여진 얼개, 흠잡을 데 없이 치밀한 개연성, 생생한 개성을 띠고 살아 움직이는 인물들의 힘으로 독자를 훅 빨아들이는 이 작품은 대담한 스케일의 에드벤처 활극이면서, 모략과 반격이 난무하는 영리한 정치 활극이면서, 애틋하고 가슴 저리는 서정적인 로맨스이기도 하다.

그리고 나에게 있어 『사소한 정의』는, 전례 없이 강력한 페미니즘 시공간의 시뮬레이션이었다.

소설 전체를 통틀어 '페미니즘'이라는 단어는 일언반구도 언급되지 않지만, 그건 여타 소설에서 '물의 분자식은 H_2O'라는 말을 구태여 늘어놓지 않는 것과 같은 이치다. 너무 당연해서 그럴 필요가 없는 것이다. 『사소한 정의』의 우주에는 페미니즘이 마치 물리법칙처럼 자연스럽게 녹아들어 있다. 성 역할에 대한 편견은 어디에도 나오지 않고, 인물들의 성별 정보조차 거의 노출되지 않는다. 독자가 기존에 지니고 있던 성별 편견을 작품 안으로까지 끌고 들어올 상황을 미연에 방지하는 것이다. 작가와 작중인물 모두의 공조로 이루어지는 이 성별 은폐는 기실 피해의식이나 수치심에서 비롯된 것이 아니라 실제적인 불필요함에서 비롯된 것이다. 여성이네 남성이네 하는 사실이 이 우주에서는 별 소용이 되는 정보가 아니다. 구태여 성별을 밝히는 건 마치 '제가 머리 가름마가 두 개예요'라든가, '저 사람이 좋아하는 벌레는 선캄브리아기의 남미에서 처음 생겨났대요' 하는 식의 TMI(Too Much Information) 전달이나 마찬가지다.

사실 이분법적 성별 고정관념에 에워싸여 살아가는 21세기 지구 사회의 일원으로서, 독자가 소설 속 은하계의 저 성 중립적 태도를 체화하기는 쉬운 일이 아니다. '쟤는 남자니까 단호하겠지.' '쟤는 여자니까 좀 더 상냥할 거야.' '배우자로부터 '바깥사람'이라고 불리는 걸 보니 남자겠구나.' 성별 정보를 입수하려는 우리의 노력은 거의 본능적인 탐색에 가깝다. 그리고 모종의 판단이 형성되는 순간 성별 고정관념은 전광석화처럼 개입하여 인물에 대한 기본적인 기대를 만들어 버린다.

『사소한 정의』가 가장 짜릿하게 빛나는 지점이 여기에 있었다. 앤 레키는 성별을 바탕으로 이미지를 형성하는 관습적인 독서 패턴을 그 어떤 정서적인 호소도 없이 기술적으로 차단해 버린다. 아주 간단하고 효율적인 방식으로. 인칭대명사를 전부 여성형으로 통일시켜 버린 것이다. she, her, her's. 모든 사람을 '그녀'로 지칭하는 이 간단한 비틀기가 사고의 전개에 일으키는 이물감은 상상 이상이다. 처음에는 등장인물이 다 여성뿐인가 했다가, '그녀'들이 서로 사랑에 빠지는 장면에 이르면 '레즈비언 SF'인가 했다가, '그녀'라고 지칭된 인물의 생물학적 성별이 명확히 '남성'으로 설명되는 대목을 몇 번 맞닥뜨리고 나서야, '아…' 하는 깨달음이 찾아온다. '사람' 이라고 하면 무심코 남성을 상정하던 관성을 벗어나, 그냥 중립적인 '사람', 혹은 오히려 살짝 여성으로 기울어진 이미지로써 대상을 수용하는 감각, 관점, 사고방식을 이렇게 효과적으로 시뮬레이션 해 보기는 어려운 일이다. 그리고 남성이나 여성으로 특정하지 않으면서 등장인물들을 판단하고 좋아하고 싫어하게 되는 것은 신선하고도 즐거운 경험이다.

        이 소설을 좋아할 이유야 얼마든지 댈 수 있지만, 내게 각별했던 이유를 대자면 역시 다시 숏커트 이야기를 안 할 수가 없다. 인물들의 활약과 매력에 있어 각자의 성별은 전혀 중요한 요소가 아닐 수 있다는 사실을 내용 속에, 문체에, 심지어 문법에까지, 끈질기게 녹여 내고 설득해 내는 와중에도 작가가 성별이 각자 정체성의 중요한 요소라는 사실 또한 놓지 않는다는 점이 나는 그렇게 통쾌할 수가 없었다. 이 세계에서는 남성과 여성 어느 한쪽이 딱히 우월하다는 관념이 없고, 사회적으로도 성별을 준거로 하는 차별이 전혀 작동하지 않지만, 성별을 오인하는 것은 명백히 실례가 되는 일이고, 사람들은 그런 일을 당할 때 어김없이 불쾌해 한다!

   스트리건의 모국어는 성별 구별을 요구했다. 그러면서도 스트리건이 속했던 사회는 동시에 성별은 중요하지 않다고 공공연하게 선언하곤 했다. 남성과 여성은 별다른 구별 없이 옷을 입고 말을 하고 행동했다. 그런데도 지금까지 내가 만난 사람들은 누구도 상대방의 성별을 파악하는 데 망설이거나 실수하는 법이 없었다. 그리고 내가 망설이거나 잘못 추측할 때면 그들은 예외 없이 불쾌해했다. 나는 그 묘기를 익히지 못했다. 『사소한 정의』, 104쪽

성평등과 여성/남성/다른성으로서의 자긍심이 얼마든지 공존할 수 있음을 텍스트로 체험하면서, 어쩌면 다음번 미용실 방문 때에는 참으로 오랜만에 숏커트를 해봐도 좋겠다는 생각을 했다. 물론, 누군가는 착각을 일으켜 '너 남자냐'고 물을지도 모른다. 어른이 된 지금은 옛날처럼 상처받지도 않을 테지만, 그 무례함에 불쾌해하는 건 내 마음이다. 불쾌감을 느끼는 게 정당한지 또는 모순은 아닌지에 관한 내 오랜 혼란은 마침내 종식되었다. 그 감정은 여혐이나 남혐이 아니다. 앤 레키의 그 거대한 페미니즘 우주에서조차, 성별 오인은 그냥 무조건 실례되는 일이지 않던가.

그러니까, 착각은 자유지만, 실례는 금물이라고요.

☆ ·······················

ps. 라드츠제국 시리즈는 제가 한 해 동안 읽은 소설들 가운데 가장 멋진 작품이었습니다. 성별 요소를 철저히 배제하고도 이토록 긴장감 넘

치는 인간 역학을 그려 낼 수 있다는 게 놀랍고도 희망적이었어요. 성애적 관점이 개입될 수 없는 두 존재 간의 사랑이 설득력 있게 그려지는 것도 좋았어요.

사실, 이렇게 훌륭한 작품을 두고서 머리가 짧네 안 짧네 하는 쪼잔한 얘기만 잔뜩 늘어놓은 게 영 부끄럽긴 합니다만, '쪼잔'하기보다는 '미묘'한 포인트라고 우겨 보렵니다.

『사소한 정의』는 '라드츠제국 시리즈'의 첫번째 권으로, 2권『사소한 칼』, 3권『사소한 자비』로 이어집니다.

수록작가 작품 목록

이 책에서 이야기된 작가들의 작품 중 한국어로 번역된 작품들을 정리했습니다. 작가의 순서는 책에 수록된 순서입니다. 이 책에서 직접 다룬 책은 목록의 맨 위로 올려 굵은 글씨로 표시했고, 작가의 다른 책들은 최근에 번역 출간된 책들부터 순서대로 정리했습니다. 다만, 같은 시리즈에 속한 책들은 시리즈 내의 순서대로 나열했습니다.

프레드릭 브라운(Fredric Brown, 1906~1972)

『미래에서 온 사나이』, 임영 옮김, 동서문화사, 1979.

『아마겟돈』(프레드릭 브라운 SF단편선 1), 고호관 옮김, 서커스, 2016.

『아레나』(프레드릭 브라운 SF단편선 2), 조호근 옮김, 서커스, 2016.

코니 윌리스(Connie Willis, 1945~)

『화재감시원』, 최용준, 최세진, 정준호, 김세경 옮김, 아작, 2015.

『올클리어』(1, 2), 최용준 옮김, 아작, 2019.

『블랙아웃』(1, 2), 최용준 옮김, 아작, 2018.

『개는 말할 것도 없고』(1, 2), 최용준 옮김, 아작, 2018.

『둠즈데이북』(1, 2), 최용준 옮김, 아작, 2018.

『고양이 발 살인사건』, 신해경 옮김, 아작, 2017.

『빨간 구두 꺼져! 나는 로켓 무용단이 되고 싶었다고!』, 이주혜 옮김, 아작, 2017.

『크로스토크』(1, 2), 최세진 옮김, 아작, 2016.

『양 목에 방울달기』, 이수현 옮김, 아작, 2016.

『여왕마저도』, 최세진, 정준호, 김세경 옮김, 아작, 2016.

「클리어리 가에서 온 편지」, 『저 반짝이는 별들로부터』, 정소연 옮김, 창비, 2009.

케이트 윌헬름(Kate Wilhelm, 1928~2018)

『노래하던 새들도 지금은 사라지고』, 정소연 옮김, 아작, 2016.

커트 보니것(Kurt Vonnegut Jr., 1922~2007)

『제5도살장』, 정영목 옮김, 문학동네, 2016.
『몽키 하우스에 오신 것을 환영합니다』, 황윤영 옮김, f(에프), 2018.
『세상이 잠든 동안』, 이원열 옮김, 문학동네, 2018.
『고양이 요람』, 김송현정 옮김, 문학동네, 2017.
『멍청이의 포트폴리오』, 이영욱 옮김, 문학동네, 2017.
『신의 축복이 있기를, 닥터 키보키언』, 김한영 옮김, 이강훈 그림, 문학동네, 2011.
『신의 축복이 있기를, 로즈워터 씨』, 김한영 옮김, 문학동네, 2010.
『마더 나이트』, 김한영 옮김, 문학동네, 2009.

제임스 P. 호건(James P. Hogan, 1941~2010)

『별의 계승자』(1~4), 최세진, 이동진 옮김, 아작, 2016~2018.
『생명창조자의 율법』, 조호근 옮김, 폴라북스, 2017.

로저 젤라즈니(Roger Zelazny, 1937~1995)

『신들의 사회』, 김상훈 옮김, 행복한책읽기, 2006.
『매드완드』, 김상훈 옮김, 폴라북스, 2013.
『체인질링』, 김상훈 옮김, 폴라북스, 2013.
『고독한 시월의 밤』, 이수현 옮김, 시공사, 2010.
『앰버 연대기』(1~5), 최용준 옮김, 사람과 책, 2010.
『집행인의 귀향』, 김상훈 옮김, 북스피어, 2010.
『드림 마스터』, 김상훈 옮김, 행복한책읽기, 2010.
『그림자 잭』, 이수현 옮김, 페이퍼하우스, 2009.
『전도서에 바치는 장미』, 김상훈 옮김, 열린책들, 2009.
『별을 쫓는 자』, 김상훈 옮김, 북스피어, 2008.
『저주받은 자, 딜비쉬』(딜비쉬 연대기 1), 김상훈 옮김, 너머, 2005.
『변화의 땅』(딜비쉬 연대기 2), 김상훈 옮김, 너머, 2005.
『내 이름은 콘래드』, 곽영미, 최지원 옮김, 시공사, 2005.

조지 R. R. 마틴(George R.R. Martin, 1948~)

「샌드킹」, 『조지 R. R. 마틴 걸작선 : 꿈의 노래』 2권, 김상훈 옮김, 은행나무, 2017.

『조지 R. R. 마틴 걸작선 : 꿈의 노래』(1~4), 김상훈 옮김, 은행나무, 2017.

『나이트플라이어』, 김상훈 옮김, 은행나무, 2018.

『왕좌의 게임』(얼음과 불의 노래 1부), 이수현 옮김, 은행나무, 2016.

『왕들의 전쟁』(얼음과 불의 노래 2부), 이수현 옮김, 은행나무, 2017.

『검의 폭풍』(얼음과 불의 노래 3부), 이수현 옮김, 은행나무, 2018.

* '얼음과 불의 노래' 4부 『까마귀의 향연』과 5부 『드래곤과의 춤』은 각각 2012년과 2013년에 번역 출간되었으나, 지금은 절판되었고 곧 새로 번역되어 출간된다고 합니다.

『피버 드림』, 이수현 옮김, 은행나무, 2014.

『세븐 킹덤의 기사』, 김영하 옮김, 은행나무, 2014.

맥스 브룩스(Max Brooks, 1972~)

『세계대전 Z』, 박산호 옮김, 황금가지, 2008.

『세계대전 Z 외전』, 진희경 옮김, 황금가지, 2012.

『좀비 서바이벌 가이드』, 장성주 옮김, 황금가지, 2011.

어슐러 K. 르 귄(Ursula Kroeber Le Guin, 1929~2018)

『빼앗긴 자들』, 이수현 옮김, 황금가지, 2002.

『어둠의 왼손』(어슐러 K. 르 귄 걸작선 1), 최용준 옮김, 시공사, 2014.

『용서로 가는 네 가지 길』(어슐러 K. 르 귄 걸작선 2), 최용준 옮김, 시공사, 2014.

『바람의 열두 방향』(어슐러 K. 르 귄 걸작선 3), 최용준 옮김, 시공사, 2014.

『내해의 어부』(어슐러 K. 르 귄 걸작선 4), 최용준 옮김, 시공사, 2014.

『세상의 생일』(어슐러 K. 르 귄 걸작선 5), 최용준 옮김, 시공사, 2015.

『서부 해안 연대기(어슐러 K. 르 귄 걸작선 6)』, 이수현 옮김, 시공사, 2018.

『열일곱, 외로움을 견디는 나이』, 이재경 옮김, 별숲, 2013.

『세상을 가리키는 말은 숲』, 최준영 옮김, 황금가지, 2012.

『라비니아』, 최준영 옮김, 황금가지, 2011.

『하늘의 물레』, 최준영 옮김, 황금가지, 2010.

『날고양이들』, 김정아 옮김, 봄나무, 2009.

『어스시의 마법사』(어스시 전집 1), 최준영, 이지연 옮김, 황금가지, 2006.

『아투안의 무덤』(어스시 전집 2), 최준영, 이지연 옮김, 황금가지, 2006.

『머나먼 바닷가』(어스시 전집 3), 최준영, 이지연 옮김, 황금가지, 2006.
『테하누』(어스시 전집 4), 최준영, 이지연 옮김, 황금가지, 2006.
『어스시의 이야기들』(어스시 전집 5), 최준영, 이지연 옮김, 황금가지, 2008.
『또 다른 바람』(어스시 전집 6), 최준영, 이지연 옮김, 황금가지, 2009.
『환영의 도시』, 이수현 옮김, 황금가지, 2005.
『유배 행성』, 이수현 옮김, 황금가지, 2005.
『로캐넌의 세계』, 이수현 옮김, 황금가지, 2005.

아서 C. 클라크(Arthur C. Clarke, 1917~2008)

『2001 스페이스 오디세이』(스페이스 오디세이 시리즈 1), 김승욱 옮김, 황금가지, 2017.
『2010 스페이스 오디세이』(스페이스 오디세이 시리즈 2), 이지연 옮김, 황금가지, 2017.
『2061 스페이스 오디세이』(스페이스 오디세이 시리즈 3), 송경아 옮김, 황금가지, 2017.
『3001 스페이스 오디세이』(스페이스 오디세이 시리즈 4), 송경아 옮김, 황금가지, 2017.
『신의 망치』, 고호관 옮김, 아작, 2018.
『낙원의 샘』, 고호관 옮김, 아작, 2017.
『라마와의 랑데부』, 박상준 옮김, 아작, 2017.
『유년기의 끝』, 정영목 옮김, 시공사, 2016.
『아서 클라크 단편 전집 1937-1950』, 심봉주 옮김, 황금가지, 2011.
『아서 클라크 단편 전집 1950-1953』, 심봉주 옮김, 황금가지, 2011.
『아서 클라크 단편 전집 1953-1960』, 고호관 옮김, 황금가지, 2009.
『아서 클라크 단편 전집 1960-1999』, 고호관 옮김, 황금가지, 2009.

테드 창(Ted Chiang, 1967~)

「네 인생의 이야기」, 『당신 인생의 이야기』, 김상훈 옮김, 엘리, 2016.

아이작 아시모프(Isaac Asimov, 1920~1992)

『아이, 로봇』, 김옥수 옮김, 우리교육, 2008.
『아자젤』, 최용준 옮김, 열린책들, 2015.
'파운데이션 시리즈'(전7권), 김옥수 옮김, 황금가지, 2013.
『영원의 끝』, 김창규 옮김, 뿔, 2012.
『흑거미 클럽』, 강영길 옮김, 동서문화사, 2003.

존 스칼지(John Scalzi, 1969~)

『노인의 전쟁』(노인의 전쟁 시리즈 1), 이수현 옮김, 샘터사, 2009.

『유령여단』(노인의 전쟁 시리즈 2), 이수현 옮김, 샘터사, 2010.

『마지막 행성』(노인의 전쟁 시리즈 3), 이수현 옮김, 샘터사, 2011.

『무너지는 제국』, 유소영 옮김, 구픽, 2018.

『모든 것의 종말』(1, 2), 이원경 옮김, 샘터사, 2016.

『레드셔츠』, 이원경 옮김, 폴라북스, 2014.

『신 엔진』, 이수현 옮김, 폴라북스, 2014.

『휴먼 디비전』(1, 2), 이원경 옮김, 샘터사, 2013.

『작은 친구들의 행성』, 이수현 옮김, 폴라북스, 2013.

『조이 이야기』, 이원경 옮김, 샘터사, 2012.

앤디 위어(Andy Weir, 1972~)

『마션』, 박아람 옮김, 알에이치코리아(RHK), 2015.

『아르테미스』, 남명성 옮김, 알에이치코리아(RHK), 2017.

제프리 A. 랜디스(Geoffrey A. Landis, 1955~)

「태양 아래 걷다」, 『저 반짝이는 별들로부터』, 정소연 옮김, 창비, 2009.

조 월튼(Jo Walton, 1964~)

『타인들 속에서』, 김민혜 옮김, 아작, 2016.

『나의 진짜 아이들』, 이주혜 옮김, 아작, 2017.

필립 K. 딕(Philip K. Dick, 1928~1982)

『안드로이드는 전기양의 꿈을 꾸는가?』(필립 K. 딕 걸작선 12), 박중서 옮김, 폴라북스, 2013.

『화성의 타임슬립』(필립 K. 딕 걸작선 1), 김상훈 옮김, 폴라북스, 2011.

『죽음의 미로』(필립 K. 딕 걸작선 2), 김상훈 옮김, 폴라북스, 2011.

『닥터 블러드머니』(필립 K. 딕 걸작선 3), 고호관 옮김, 폴라북스, 2011.

『높은 성의 사내』(필립 K. 딕 걸작선 4), 남명성 옮김, 폴라북스, 2011.

『파머 엘드리치의 세 개의 성흔』(필립 K. 딕 걸작선 5), 김상훈 옮김, 폴라북스, 2011.

『발리스』(필립 K. 딕 걸작선 6), 박중서 옮김, 폴라북스, 2012.

『성스러운 침입』(필립 K. 딕 걸작선 7), 박중서 옮김, 폴라북스, 2012.

『티모시 아처의 환생』(필립 K. 딕 걸작선 8), 이은선 옮김, 폴라북스, 2012.

『작년을 기다리며』(필립 K. 딕 걸작선 9), 김상훈 옮김, 폴라북스, 2012.

『흘러라 내 눈물, 경관은 말했다』(필립 K. 딕 걸작선 10), 박중서 옮김, 폴라북스, 2012.

『유빅』(필립 K. 딕 걸작선 11), 김상훈 옮김, 폴라북스, 2012.

『진흙발의 오르페우스』(필립 K. 딕 단편선), 조호근 옮김, 폴라북스, 2017.

『마이너리티 리포트』(필립 K. 딕 단편선), 조호근 옮김, 폴라북스, 2015.

『도매가로 기억을 팝니다』(필립 K. 딕 단편선), 조호근 옮김, 폴라북스, 2012.

할 클레멘트(Hal Clement, 1922~2003)

『중력의 임무』, 안정희 옮김, 아작, 2016.

엘리자베스 문(Elizabeth Moon, 1945~)

『어둠의 속도』, 정소연 옮김, 북스피어, 2007.

리처드 매드슨(Richard Matheson, 1926~2013)

『나는 전설이다』, 조영학 옮김, 황금가지, 2005.

『더 박스』, 나중길 옮김, 노블마인, 2010.

『천국보다 아름다운』, 나중길 옮김, 노블마인, 2009.

『시간 여행자의 사랑』, 김민혜 옮김, 노블마인, 2008.

『줄어드는 남자』, 조영학 옮김, 황금가지, 2007.

앤 레키(Ann Leckie, 1966~)

『사소한 정의』(라드츠 제국 시리즈 1), 신해경 옮김, 황금가지, 2016.

『사소한 칼』(라드츠 제국 시리즈 2), 신해경 옮김, 황금가지, 2017.

『사소한 자비』(라드츠 제국 시리즈 3), 신해경 옮김, 황금가지, 2018.